壹

天黑記回頭

厲鬼・陰宅

天黑莫回頭

天黑莫回頭

厲鬼 壹 陰宅

為甚麼天黑了就莫回頭呢？

其實這是有典故的，傳說鬼怪們專門挑一些在入黑的道路上獨自行走的人來下手，不過它們並非見到人就能馬上下手去害的，因為人的身上有三把火，分別分佈在兩肩和額頭之上。而這三把三昧真火還在燃燒着的時候大大，人就相當於掛了面免死金牌，任何鬼怪都動不了人一根寒毛。

很快鬼怪就發現了人只要作出回頭這一動作時，肩上的火焰就會短暫地熄滅，於是它們開始會對天黑時在路上走動的人作一些小動作，譬如跟着他們，讓他們產生一種背

後有人的錯覺，或者是直接發出聲音吸引他們的注意，人只要一回頭兩肩上的火焰就會熄滅，而那些鬼怪就有機會害人。

當你在夜闌人靜的路上想起此段文字，也不妨閉上眼睛把注意力放到自己背後，說不定還真能感受到那些一直對你虎視眈眈的鬼怪的目光。

不過……謹記莫回頭就是了，嘿嘿嘿。

沙士被壓

目錄

天黑與回頭

厲鬼 壹 陰宅

天黑莫回頭

壹

厲鬼　　陰宅

老爸篇

漂流的浮屍

　　小時候別的父母都會用講故事的方式來哄小孩子睡覺，而講的通常都會是經典的童話故事，比如格林童話、安徒生童話之類的。

　　但我爸不知道是腦袋抽風還是怎麼的，他每天給我講的睡前故事居然全都是鬼故事！媽的……而且講的時候還繪形繪聲，完全無視瞪大眼睛、驚恐地看着他的我。

　　每天講完後，他還陰陰森森地笑着補上一句：「小心別看床鋪底下喔！」然後就幫我關燈關門。年幼的我躺在床上恐懼地凝望着昏暗的天花，心裏總擔心床底下會有鬼怪趁我不為意時出來捉着我的腳然後把我拖下去吃掉。

　　記得當時我已經是五、六歲，可我到十歲為止都不敢在半夜起來上廁所！直到現在都二十多歲人了，要我在半夜起來上廁所我都覺得是一種考驗。

　　到了後來，老爸的工作逐漸變得忙碌，每天總是要很晚才下班回家，講鬼故事這環節好不容易才因此中止。不知道是好奇心作祟，還是冥冥中自有主宰，最近我又開始對鬼故事產生了強烈的興趣，前段時間我纏着老爸讓他給我

講鬼故事，然而他卻推說年紀大了好些故事都記不清楚為由，不肯給我講。

但他這個失憶的小毛病在我買了兩瓶白酒和幾個小菜回家後就馬上被治好了。

幾杯下肚後，臉紅耳赤的老爸就滔滔不絕地開始講起自己當年在鄉下的往事……

這是好久以前的事了，你爸我當年也只是個十歲左右的小屁孩，那時候我還待在鄉下沒來香港，你爺爺以前是一個造船工人，由於他覺得自己已經不可能有甚麼出色，於是就把所有的希望都寄托在我身上，指望我他日能夠光宗耀祖，將來下去的時候自己才對得起列祖列宗。

於是我就被取了一個響噹噹的名字——佐耀祖。

由於你奶奶早死，你爺爺身兼兩職，既當爹又當娘的，不但照顧我起居飲食而且還得打工賺錢，無暇顧及我學業的他採用了最簡單粗暴的管教方式，那就是除了上學以外其他時間就關在家裡讀書，從來都不想讓我去跟村裡的小伙伴一起去玩，他就只會每天叫我讀書、讀書、讀書。

我是沒甚麼所謂的，畢竟對於學習我還是有相當濃厚的興趣以及天賦，只不過你想想……一個十來歲的小孩有可能乖乖的讓你整天給關着嗎？

　　更何況當年我在村裡是出了名的頑童，偷雞摸狗甚麼調皮搗蛋的事通通都沒少幹過，村裡人一聽到你爸我的大名後，無一不皺眉嘆氣的，不過我做了甚麼壞事以後有機會再講，今天要跟你說的是往後一切的起源，要是當年我沒有碰上那件事，或許我有着另一個相當不同的人生。

　　果然……萬事還是起頭難，一旦開了頭，有一就必然有二，有些東西能不招惹就盡量別去，這可是我吃盡苦頭換來的經驗，你這臭小子可給我記好了。

　　我還很清楚記得，那天是一個雨後的晴天，你爺爺如常把我關在家裡後就自個兒出門上班去了。在房間裡豎起了耳朵的我待你爺爺的腳步聲一走遠就立馬就把藏在床底下的繩子給翻了出來。

　　那時我是被關在三樓的書房裡，當年的房子沒有甚麼水管煤氣管而且樓底又高，想要偷溜出去就必須用到繩子，不然從將近十米的高度摔下來可不是開玩笑的，我在又沉又重的書櫃腳上綁好了繩子，然後就像現在的飛虎隊那樣遊繩而下，怎麼樣？厲害吧？

（被爺爺抓到，你就死定了……）

在我安全落到地面後，躲在旁邊的小伙伴就馬上出來迎接我了，當年在孩子群中就數你老爸我的膽子最大，壞事甚麼說幹就幹，所以他們一直都是以我馬首是瞻。

那時是個夏天，雖然早上才剛下完傾盆大雨但天氣仍然熱的要命，同伙裡其中一個叫狗蛋的男孩就提議大家到村外的一條小河去游泳消暑。

舊社會的人大多都迷信，生怕自己的小孩養不大，特別是獨生子，全家都指望他將來繼後香燈，要是孩子養不大而妻子又再也生不出男丁的，那家族無疑就是等於斷了火，絕了後。

不孝有三，無後為大，這短短八個字就充分反映了當時人對香火的重視程度。

所以他們都習慣給小孩取一些很「賤」的名字，甚至給男丁取女性的名字，像狗蛋這樣的名字放在今天當然會很奇怪，但在當年其實普遍的很。至於為甚麼要給小孩取一些聽起來很「賤」的名字呢？主要的說法是怕給孩子取了太好的名字，這孩子的「命」承受不起，導致容易夭折。

厲鬼 壹 陰宅

【老爸篇】

話說回頭，那天的確很熱，被關在房子裡的我早已像焗桑拿般給悶出一身汗來，所以我對這個提議想也不想就拍手稱好了。那時候沒有冷氣機，更別提有免費冷氣提供的大型商場了，那是牆上掛簾子——沒門兒！在河裡游泳可說是當時最好的消暑方法了。

只不過由於剛下完雨，河水要比平時來得要高和急，游泳的話不多不少是有危險，但小孩都不怕死，抱着只要小心一點就行了的心理就脫光光跳進了河裡。

泳褲？沒那玩意！大家都是光着腚跳下來的，沒人會尷尬，也沒人會不好意思。

透心涼的河水沖擦着我們的身體，在炎炎夏日裡別提有多舒服了，簡直就是把體內所有的暑氣全都逼出了體外般。一直在河裡嬉戲的我們雖然有人差點被急流沖走，但在我敏捷的身手下才不至出事。

一切都看似跟平日一樣相安無事，直至……

「欸？那是啥？」一個小孩滿臉疑惑的指着上游道。

我翹首一望，發現一件灰黑色的物體正從沿著河水流下，體型龐大的「它」如彈珠般在河中碰碰撞撞的漂流着，

最後就被卡了在岸邊的兩塊大青石中間。

　　一開始大家都沒意識那是甚麼東西，還以為是枯木之類的玩意，沒想到結果走近一看，我屌！居然是一具浮屍！從屍身被泡得浮腫以及面目全非這一點來看，恐怕已經死了有一段時間了，它的肚子還異常地如孕婦般腫脹起來。眼睛呈半張開的狀態，我還因不小心跟它對上一眼而大喊晦氣，有些怕事的小孩已經哭了起來，有些更吵着要去找大人來。

　　「找甚麼大人！誰也不許去！」我立馬大喝一聲阻止了那群白痴的行動。

　　（欸？為甚麼要阻止啊？去找大人來處理不是很合理的做法嗎？）

　　沒錯，對於小孩來說這再正常不過的事，然後我從家裡偷溜出來那檔事兒也會順理成章的被人發現。他們對平常作惡多端的我沒甚麼好感，肯定會給我爸也就是你爺爺打小報告，等他回家後我難免要捱上一頓揍。所以……不能讓他們去通報大人，至少我仍在河邊時就不可以，當時我的心裡是這樣想的。

　　現在回想起來，我還真後悔沒讓他們去找大人……因為

天黑莫回頭

厲鬼

壹

陰宅

【老爸篇】

比起我接下來人生當中遇到的事，被你爺爺暴打一頓根本算不了甚麼。

「屁大點事兒！不就水漂子嗎！嚷嚷個甚麼勁兒都不知道！木子，狗蛋隨我上來！」

　　當年青澀的我甚麼不敢做，我對想要報告的小孩稍作安撫後就捎上兩個膽子大的孩子去檢查屍體，其他又怕又想看的小孩就光着屁股小心翼翼地跟在我們身後。

　　腐爛味從大老遠就撲鼻而來，我噁心得差點沒當眾吐了起來。我沒有處理屍體的經驗，加上我也不敢碰那死屍，所以稍作觀察後就打算把它晾在那兒，反正它只要一日被卡在那，被村民發現也只不過是遲早的事，而我也何必多此一舉，徒增加自己敗露的風險呢？

　　就在我帶着另外一人準備撤時，也跟了上來看屍體的狗蛋不知道哪來的狗膽！居然用尖樹枝去捅屍體鼓起的腹部，不捅還好，一捅就不得了，屍體的肚子經他這麼一弄後竟整個炸了開來！惡臭無比的污黑內臟隨着爆炸四處飛散！我想也不想就闔上眼睛，搗住口鼻。

　　誰也不希望那些腐肉飛到自己的嘴巴裡吧？

可由於狗蛋距離屍體最近，「氣爆」波及得最嚴重，腐爛的屍肉炸了他一臉。只見張嘴瞪目的他整個人像是丟了魂似的，其他小孩已經哭鬧着四散，唯獨他還拿着樹枝如木雞般呆站在原地。我看他樣子不對勁於是就忍着惡臭強行將他拽到上游把身上腐肉洗去。

結果在洗完後，狗蛋就突然像失心瘋般發狂尖叫着把我推開，褲子也不要的朝村子逃了回去，抓也抓不住。

「你們在幹嘛吶？」

在狗蛋逃去沒多久後，不遠處就有一個人影出現，看來是被我們的哭鬧聲吸引了過來，我一見心中就暗道不妙，一把抓起褲子就自個兒逃命去了。赤腳的我顧不得腳下疼痛，一路不停的直朝村子狂奔，最後竟沒頭沒腦地闖進了一間空置已久的小屋內。

我關上門後伏在窗邊往外偷瞄，此時屍體已被人發現，有很多人正朝着小河那邊湊熱鬧。由於怕偷跑一事被人發現，我一直躲在房子裡不敢出去，直到大人們把屍體撈起並散去為止。長舒一口氣的我想趁你爺爺還沒下班趕緊溜回家，沒想到走到門邊時才不管怎麼用力也好，眼前的門竟像長了根似的紋絲不動。

【老爸篇】

心慌的我此時環顧四周才發現原來自己在不經不覺間走進了一個不得了的地方……

　　村裡曾經有着一名叫林三的小商人，可是他前些年因為生意失敗而欠下巨債，結果全家人一起上吊死光光，而他們上吊的地點就是……

　　這裡。

　　望着頭上那曾經懸掛過數具屍體的橫樑，室內突然刮起了陣陣寒風害我不禁打了個哆嗦，一想到闖進凶宅後肯定沒好事的我使出吃奶的力用身體去撞門，然而門卻還是動也不動。

　　媽的，我明明記得村裡的人為了不讓人，特別是小孩進來，特意在門口貼了封條作警告的……為甚麼我進來的時候大門上卻甚麼都沒有？如果有看到封條的話我鐵定不會跑進這鬼地方……可惡！

　　這天殺的門如今不管是用推還是拉都沒法打開，為了早點出去我開始在房子裡尋找別的地方出去，剛才偷看的窗口也像門一樣被堵死，沒法打開。於是我就琢磨上二樓看看能不能爬出去，待到達二樓的樓梯時，我卻發現在樓梯底之下有着一個模模糊糊的人影……

這出過幾條人命的鬼地方莫非還會有人敢住不成？我可不認為有人膽子會那麼大，至少，至少這村子裡沒有。

如果不是人的話……那就是……咳咳！正所謂人不犯我，我不犯人，本來我是打算吹起口哨，當作甚麼也沒看到的，就在我一隻腳踏在階梯上時，那黑色的人影突然尖叫着從樓梯底下撲了出來！

這回還真是活見鬼了！！！沒想到在大白天也會有這麼猛的厲鬼！

被嚇得兩腳發軟的我癱坐在地上，兩腿就是想走也走不動，那人影直接把我給撲倒了！差點尿褲子的我本以為自己才十歲就要完蛋，可沒想到仔細一看卻發現人影的真身居然是剛才逃掉的狗蛋！

以會傷喉嚨的嘶吼聲怪叫着的他用手大力地掐住我的頸，幸好我年紀比他大，力氣也比他來得足，我兩三下就從他的手中掙脫出來。狗蛋像失心瘋似的尖叫着，然後又躲進了樓梯底下。

門口的封條大概是被先一步進來的狗蛋給弄掉了，不過當時我並沒有多想，跑上二樓就從陽台上往下跳，屁滾尿流的逃了回家，棄狗蛋於不顧。

明知道他像被鬼迷住了，為甚麼我不嘗試一下把他從這間鬼屋裡拉出來呢？

　　現在回想起來還真有點後悔，因為當時就是我最後一次見到活着的狗蛋了⋯⋯

　　兩天後，狗蛋被人發現成了水漂子，淹死在河裡，但他的死法並不尋常，他是以站立在河底的姿態死去的，兩隻腳深深地陷入了河床的污泥裡。別人都說⋯⋯他看來就像是被甚麼東西拽住了腿直往底下拖似的。

　　要是我當時有把狗蛋帶走的話，也許⋯⋯他就不會死。

　　（老爸內疚地一聲長嘆⋯⋯）

　　而從上游漂來的水漂子以及狗蛋的屍體是怎麼處理則是另外一個故事了。

第
一
章

漂
流
的
浮
屍

天黑黑回頭

厲鬼
壹
陰宅

【老爸篇】

抬不起的棺材

老爸給自己倒了滿滿一杯白酒後一飲而盡，此時他已微帶醉意，可他的話匣子一旦打開了就很難關上，閉目沉思的他整理了一下思緒後再次給我講起自己的往事。

那年代嚴打封建迷信的事情，所以公安判斷狗蛋是意外溺斃的，說他不聽大人說話偷偷跑到河裡游泳結果被激流沖走，淹死了在裡頭。可是大伙兒都難吃螢火蟲——心知肚明……這腳都他娘的插河底了！還意外溺斃！你像這樣意外溺一次來看看？

當件作把狗蛋的屍體從河底撈上來時，狗蛋他娘哭的可慘了，他爸死的早，全家就他這麼一個男丁來繼後香燈，沒想到他居然在這小河裡結束了自己短暫的一生。

狗蛋娘被其他家人罵得狗血淋頭，說是因為她沒有好好看管狗蛋才會發生這樣的事，狗蛋娘本來就已經因為兒子的死而大受打擊了，再加上被婆婆、叔叔一頓責罵，結果一時想不開就在村外的一棵樹上了吊。後來那邊也發生了許多怪事，這以後再慢慢講。

先說回那水漂子吧！屍體經調查後身份仍然毫無頭緒，所以大伙兒就只好將它擱在義莊裡想看看會不會有人來認屍。

殊不知這一擱就擱了將近半個月，在炎熱的天氣下，欠缺防腐措施的屍體腐爛速度相當驚人，置於義莊中浮屍很快就爬滿了蛆，而且棺木中更不斷流出污黑的屍水，義莊裡的人實在受不住那臭味了，所以決定自行把屍體處理掉。

另一邊廂狗蛋則因為家窮，沒有辦甚麼喪禮之類的東西，只是在發現屍體的地方隨便拜祭了一下就將他給埋了。

而你爸我當時可真被嚇壞了，整天做惡夢，要不是夢見吊死鬼伸着長舌頭來索命，就是夢見狗蛋和那浮屍全身濕透的從河裡爬上來找我，在事發後我幾乎沒有一個晚上是能得以安睡的。

每當半夜我都會因惡夢而驚醒，有一次我照鏡子時更發現，眼睛周圍不但多了兩個顯眼的黑眼圈，就連額頭都變得烏黑，人家常說的印堂發黑估計就是說這回事了。

而你爺爺雖然有點遲鈍但也總算察覺到我不尋常的舉動，在他連番追問下我始將偷溜出去游泳、遇見浮屍和逃到吊死鬼林三家的事和盤托出。

厲鬼
壹
陰宅

【老爸篇】

你爺爺聽聞後臉色當堂大變，但是這回他並沒有將我暴打一頓，反而一聲不吭的出了門。我起初還以為他因為我不聽話而生悶氣，沒想到過了一會兒後他卻帶了一個全身作道士打扮陌生男人回家。

那人一看到我後就眉頭輕皺並向你爺爺索取了我的生辰八字。我開始還一頭霧水搞不清狀況，後來才知道那人原來是個算卦的，一直在隔壁村子以替人算卦、起名、驅邪為生，由於他真有點本事，人們都稱呼他叫張神算，我在事後才曉得自己的名字也是他幫忙取的。

張神算在口袋翻了翻，找出一條紅線綁了在我的左手小指上，他千叮萬囑讓我在他離開村子前不能把紅線解開，否則可要出大事。

說完後他更跟你爺爺要了一把剪刀，將它放了在我枕頭底下後就先行離開了。

（剪刀放在枕頭下？不怕刺傷自己嗎？）

我起初也是有這份憂心，不過打從剪刀被放到枕頭下那天開始，我就再也沒有做惡夢了。後來張神算跟我解釋說，剪刀五行屬金，有蕭殺辟邪之效，能避免妖邪入夢，而紅線則是用來穩住我體內那受驚的魂魄。

（………這麼神奇？）

沒做惡夢開始的第二天我跟你爺爺打聽了一下有關張神算的事，原來他是受義莊那邊委託來我們村子辦事的，因為……那具漂來的浮屍出事了，就連義莊那邊的人也拿他沒轍，所以只能特意請張神算前來助陣。

對於鬼怪我本來是採取懷疑不相信的態度，覺得甚麼算命算卦通通都是靠張嘴來騙人的，可在遇見張神算後，我的態度就開始改變了，因為打從剪刀放在枕頭底下開始，我就真的沒再被惡鬼騷擾！洗臉時不但氣息也好了不少，印堂看起來也沒那麼黑。內心好奇張神算到底是何方神聖的我，決定在吃完早飯後去找他詢問個究竟。

你爺爺當日要上早班，在給我準備了一碗帶蔥花的清湯、麵條和幾個饅頭後就出門上班去了，我檢查了一下大門，發現居然沒被鎖上，他可能是見我精神不振就掉以輕心沒有把門給鎖好了。

為了抓緊時間溜出去，我把清湯倒進了麵條裡後就配着饅頭狼吞虎嚥起來。

（只有白麵條和饅頭嗎？）

廢話！那時候哪像現在有那麼多東西吃？麵條已經

是你那小氣的爺爺怕我沒胃口吃才準備的，平常一年三百六十五天裡可是要吃一千零九十五頓饅頭的！

（舊社會的日子可真不好過啊⋯⋯）

所以為了豐富伙食，你爸我經常沒事就跑到別人家偷雞蛋或者雞，偶而還會跟朋友套點野狗宰來吃！不然真的活不下去啊！肚子裡一點兒油都沒有。另外值得一提是你爸我手腳利索得很！一次都沒有被人抓到過，啊哈哈！

（這又有甚麼好自豪⋯⋯說白了不就是偷雞摸狗嗎！）

啊⋯⋯扯遠了，那天我吃完早飯後我就偷偷溜了出去，往義莊方向走去。而在去義莊前我先繞遠路去了狗蛋家一趟，當時他家門前掛滿了白布，一片愁雲慘霧的景象，叫人好不悲傷，在靈堂前放置了狗蛋唯一一張的照片，而當時還沒自殺的狗蛋娘哭哭啼啼的坐在靈堂前呼天搶地的叫喚着狗蛋的名字。

狗蛋娘如此淒涼的模樣害我心中不禁一陣難受，如果那天我能鼓起勇氣把狗蛋拉走的話，或許他們家今天也不會落到如斯田地。

我沒有臉去見狗蛋娘，也沒有臉進去給狗蛋上香，所以在遠處偷看了一會兒後，我就灰溜溜地離開了。而那一次

也是我最後一次見到狗蛋娘，後來想通了的我曾經想給狗蛋娘道個歉，待我再次來到這時卻發現一切為時已晚，正如我剛剛所言，狗蛋娘幾天後就在村外上吊自盡了。

這殘酷的世界是不會給你第二次機會，所以說有些事真的不能太遲去做。

比如說像是孝順你爸我……

（搞半天原來重點在這裡啊！！！）

我收拾好心情後就逕直朝義莊走去，裡頭的張神算在準備法事要用的工具，忙得很，所以當我被發現時，他馬上怔住並問我是來幹甚麼的。

我如實告之，自己想知道他平常的工作內容是甚麼，其實說白了就是為了滿足好奇心才來的。張神算笑了笑答應讓我在旁觀看，若期間他讓我離遠的話那就必須聽他所言馬上離開。我聽到後想也不想就答應了。

眼見張神算在忙着，我就跟看守義莊的老頭閒聊起來，從他的口中得知這義莊打從屍體來了以後就怪事百出。

為了方便看守屍體，老頭他是住在義莊旁邊的那間小屋

【老爸篇】

中，他的職責就是看管好屍體直到被親屬領取或者下葬為止，平常他一早一晚都會去義莊裡查看屍體的狀況，防止有野狗溜了進來把屍體啃壞。

浮屍來到的義莊的第一夜，老頭如常來檢查屍體，可腿剛從門檻上跨過就感到腳底下好像濕噠噠的，低頭一看發現義莊內竟淹起水來，而且水深足足有腳踝處深，老頭當時就納悶了，這義莊建於半山之上，而且大半夜的又沒下雨，哪來那麼多水來？老頭舉起燭燈一照，發現一股黑水正以澎湃之勢從浮屍的棺木中不斷往外溢。

早有經驗的老頭知道自己是夜見鬼了，但是活到他這種年齡早已看化生死，更何況他一直從事看守屍體的工作，奇奇怪怪的事可一直沒少見過。一般來說，死者的鬼魂都不會加害他們這群人，畢竟是在替自己看守肉身啊！這是積德的事，哪有加害人家的理由。

老頭低下頭默默唸了幾句從和尚那學來的經文來安慰鬼魂，那些黑水當下就停止從棺木裡往外湧出來，流到地上則消失得無影無蹤，褲腳更是沒有被沾濕過的痕跡。

眼見老頭一臉淡定地說着，而我卻聽得渾身冷汗直冒……要是我親歷其境的話肯定會不知所措。

老頭點起了香煙開始吞雲吐霧，除了看見幻覺外，他就連在自己家中睡覺時都會聽到有人在耳邊細語。

「好冷……好黑……好可怕……」

　　這一句不斷在他的耳邊重複，本來他想假裝沒聽見的，可聲音一直沒有消停過，忍受不住的他拿出一道以前從一個精通茅山之術的道人那得到的黃符，啪的一下貼了在棺材之上，那聲音頓時消了，而他也終於能安然入夢。

　　直到張神算來到時黃符仍然貼了在棺木上，符上被人用朱砂不知道畫了甚麼東西，雖然我看不懂，但知道這玩意很靈就是了。老頭說一般來講他都不會用上黃符來對付那些鬼魂，因為對靈體來說這玩意不多不少都是有害的，除非是碰上這種不斷騷擾人的類型，否則他可不會輕易祭出黃符。

　　幻覺幻聽消失後，本以為事情會就此告一段落，但沒想到把棺木抬出去葬的時候又有怪事發生，本來一個棺木兩個男人來抬就足夠了，但是下葬那天這棺木不知道為甚麼像是被灌了鉛似的沉！村子裡來了整整四個壯漢都沒法將它抬起。老頭一看就知道這已經不是他能夠處理的狀況，他先是跟村裡的人報告了一下，結果卻被上頭批評為封建迷信，叫他不要疑神疑鬼的趕快把屍體處理好。

他一聽到批評後就火了，媽的，找了四個壯漢來都抬不動這還能怪我辦事不力嗎？老頭見跟這些人說話猶如對牛彈琴，於是就起行到隔壁村子尋來了張神算。張神算了解狀況後就知道這具浮屍背後必然大有文章。

從鬼魂怨氣如此重來看，八成是生前被人謀財害命再拋屍落河，於是張神算收拾了一些工具就隨着老頭來到我們村子。

再看張神算，他現在於義莊內的四角各點起了一根蠟燭，再用紅線圍住了棺木，待一切準備就緒後他就把黃符從棺木上撕下，就在黃符離開棺木的那一刻，我很明確地感受到綁在左手小指上的紅線突然收緊了！而張神算也一臉嚴肅的讓我立馬離開義莊，我聽到後不敢有誤，乖乖按照約定的往外跑去。

沐浴在陽光之中的我在老遠的地方望着張神算把棺木揭開，他才剛在上方揭出一道細縫，一股惡臭無比的黑水就從棺中溢出並淋熄了蠟燭，他把一塊木造的令牌塞進了棺木後就拿起搥子給它釘上了棺材釘，沒想到棺木被他這般弄後居然就能抬起來了！

張神算跟抬棺材的人吩咐，這屍體斷然不能進行土葬，必須燒掉，不然很有可能會化為妖物害人，那兩個抬棺者

聽到後把頭點得像雞啄米似的。

後來有些得知這事的好事之徒沿着上游走去，果然發現有一戶人家的男主人被人謀財害命，兇手後來也被抓到了，事發時男主人被兇手淹死了在河邊，而屍體也在該處就地的淺埋，但沒想到一場大雨居然將它給沖了出來並順流而下。

正當我以為事情總算得以解決時，沒想到狗蛋家那邊又出事了。

紅線

老頭在事情結束後終於舒了口氣，於是他把酬金拿了給張神算，而張神算抬頭一看發現已經中午了，就問我餓不餓，說要請我吃一頓午飯。

小時候若聽說到有人請吃飯，不管餓不餓也會欣然應約，何況當年我還處於發育、長身體的階段，對食物的需求自然要來得大。但是要讓一個才見面沒幾次的人請客，我還是感到有點不好意思，所以跟他客套了幾句說：「不用了」、「還沒餓」之類的話。

（臉皮還真厚……）

說實話，我還真的挺害怕他說：「不餓啊？那算了。」這樣我豈不是虧了一頓飯？

（你還真不要臉啊！！！）

張神算說他剛領到了酬金，不用跟他客氣，而我自然恭敬不如從命的領他到市集中一家小飯館裡吃飯去了。

當時我們家鄉只需一毛錢就能吃上一碗大大的拌麵，而

且料都很足的，彈牙的麵條加上醬油、麻醬和蔥花，稍微拌一下就能吃了，記得當年我很喜歡吃那玩意的，現在偶而回到鄉下還是會想找碗拌麵來吃，然而味道卻沒有小時候那般好吃了。

那天因為有人請客，我也很不客氣的吃了三碗麵。

不過拌麵的味道很濃而且沒有湯，吃得我喉嚨乾巴巴的，難受死了，張神算看到我那窘樣後就笑着幫我另外點了一碗清湯餛飩，讓我慢慢吃。而他只叫了一碗麵和一杯茶就坐在我旁邊靜靜地吃了起來。

結帳後，張神算告訴我，他說我在出生沒多久後，就已經與他有一面之緣。因為當時他剛好來了我們村子辦事，你爺爺知道後就找了他來替我取名字。聽他說本來還在哭鬧着的我被抱到他的面前後就立馬收聲不哭了，所以就覺得大家挺有緣份的，於是就免費替我取了個名字。

而我則只會在旁邊傻笑着，偶而點一下頭表示自己有在聽。在他懷舊完畢後，我想起綁在小指上的那根紅線在義莊開棺時突然收縮一事，於是就跟他詢問詳情。

張神算跟我解釋道，原來紅線除了能用來穩定魂魄和精神外，還有着探知靈體的功用，不過像他那樣經驗老到的

【老爸篇】

人基本上只要憑感覺都能知道附近有沒有靈體存在，用不着紅線。

提到紅線時，張神算又問我還有沒有作惡夢和紅線收縮的次數，當我說紅線就只有剛才縮過一次後，他就鬆了口氣。他解釋說要是紅線縮了三次以上那我的麻煩可大了，不過照我所說的情況來看現在應該並無大礙。

張神算笑道，鬼魂普遍被劃分為有害與無害兩種，即使紅線收縮也只能說明你身旁有靈體存在而已。就像我不會無緣無故拿刀出去砍人那樣，一般來說靈體都不會加害活人，但是我曾經先後見到兩個枉死的人，又一度跑進死過人的凶宅裡，那說法可不一樣了。

我算了一下，狗蛋、那浮屍再加上吊死鬼林三剛好是三人，要是縮了三次那豈不是就說它們全都跑到我的房間裡了？現在回想起來其實也挺恐怖的，因為每次紅線收縮都代表着身旁有一個靈體的存在，而有可能在我睡覺的時候它們就在旁邊盯着我……想到這我全身的雞皮疙瘩都起來了。

不過既然沒有作惡夢，紅線也沒有縮緊說明放在枕頭下的剪刀生效了，所以我也不用太過擔心，待會兒他就到我家把剩下的工作完成。

看到他如此淡定後我也放下心來，接着我又問他見鬼到底是個怎麼樣的感覺，可以的話我也想見識一下，張神算聽到後一臉認真的叫我打消這個念頭。因為凡事有一就有二，平常人如果一次鬼都沒有見過，那他這一輩子就不會見到鬼，一旦見過一次那這一生肯定會再見到第二次、第三次，餘下的人生都必然會跟它們打交道。

而鬼嘛，通常會以它們斷氣時的姿態現身，而大多數會留在人世不是有心事未了，就是死於非命、因不得善終而帶着怨氣無法前往極樂。心事未了的鬼一般都與常人無異，或許你平常見着了都沒有察覺到它是鬼。而枉死鬼呢，通常都不會以甚麼好的模樣出現就是了，對普通人來說它們的模樣一般都難以叫人接受。

張神算問我那三個人當中哪一個是善終的？我想了一下……好像沒一個是。

「那你還想見他們嗎？」

我把頭搖得像撥浪鼓似的。

在休息了一會兒後，我就把張神算領了回家，結果甫進門就發現你爺爺怒氣沖沖的坐在客廳中。糟糕！我還琢磨他不會這麼早回來，沒想到他居然因為擔心我而提早下班，

現在正因為我又偷溜了出去而氣得要命。

　　當我出現在他眼前時，你爺爺先是一頓臭罵繼而動手想要揍我，張神算見狀急忙幫我打圓場，你爺爺見張神算都這麼說了也不好發作，只好罵了一句再有下次就把我往死裡打。

　　我亦馬上附和，誓神劈願地說自己再也不敢偷偷往外跑。

　　（那你真的沒有再偷溜出去玩了嗎？）

　　怎麼可能！小孩子說的話你也當真？老子發完誓後不到一天又溜了出門，只是後來有幾次被你爺爺抓到了後，我都被打得好慘就是了。

　　（……活該！）

　　那是男子漢的浪漫！你懂個屁！

　　你爺爺憂心忡忡地向張神算詢問我的情況。畢竟我乃佐家九代單傳，繼後香燈就全指望我了，他可不容許有甚麼亂子出在我身上，否則斷了後他可沒臉下去見列祖列宗。

張神算說照我的描述來看，目前應該不會再出甚麼大事就是了。說罷他就從袋子裡拿出法具在我家逐件擺了開來，他在我房間燒了香和符紙，又在我床頭貼了一道黃符，再幫我們家請了門神和安了土地公的神位。

　　儀式結束後，他說今後只要我留在家裡就絕對不會再受靈體的騷擾，但也只僅限於家中而已，所以這只是治標的方法。完事後他讓我帶他去吊死鬼林三的凶宅以及狗蛋家那邊走一趟，說要治本就必須把這兩個根本的問題解決掉。

　　我一想到凶宅和狗蛋心理就覺得很難受，雖然有千萬個不樂意，但為了以後的日子好過點，還是硬着頭皮把他領到凶宅那去了。

　　在路上，他跟我說義莊浮屍已被解決了，所以那邊我再也不用擔心。我當時咧起嘴很勉強地笑了一下，因為我真的相當不願意再去那鬼地方。

　　最終我們還是來到了凶宅大門前，房子早就因為沒人打理而變得破破爛爛，而它的異常之處是連我這樣的門外漢也能輕易察覺到房子有着不尋常的地方。

　　別的房子外觀看起來都是白色或者白色偏黃的，唯獨這一間是灰灰暗暗的，像我家建了這麼多年外牆掉色也沒掉

得如此嚴重，據說這凶宅打從死過人後沒幾天就成了這模樣，很是邪門！依張神算的說法來解釋就是陰氣太重，導致房子的外觀也受到影響。

媽的……一家幾口全都上吊死在裡面了，你說陰氣不重我他媽還不信呢！聽別人說曾有人在黃昏時經過凶宅，發現裡面居然亮着燈，就想去看看是甚麼人這麼大膽。

不看猶自可，一看差點沒把膽嚇破！他說從窗口裡面看到幾雙人腿懸在半空，順着看上去才發現是幾個上吊的人，其中一個背對着他的人突然間以緩慢的速度轉身，出現在眼前的是一張慘白的臉和一根鮮紅的長舌。

這人當場就被嚇尿了，只見他連爬帶滾的逃了回家，後來對此事有耳聞的人都沒有質疑他眼花，因為大家心裡都很清楚，當年林三上吊的時辰……就在黃昏。

而張神算來到後搖首說這規模的凶宅他目前也不好解決，因為手頭上的工具不足，所以只能舉行一些簡單的儀式來替我跟它們賠罪，希望能就此解決事情。我按照他的吩咐買了許多紙錢和蠟燭在凶宅前燒，結果弄完後天都已經快黑了。張神算說他現在暫住在義莊旁邊，不過要是等等會經過狗蛋家還是希望能進去拜訪一下。

這時候我還沒臉去見狗蛋娘，心裡又是一百萬個不願意，可張神算都說到這份上了，我也只好再次硬着頭皮給他帶路了。

去到狗蛋家後，我從他家人口中得知狗蛋娘因為連日來不斷的哭，所以已經累得睡着了，我聽到後舒了一口氣，我依張神算所說拿了三炷香想給狗蛋上香，但是這香任我怎麼燒也好，就是點不着，我把它們拿到眼前一看，發現末端都濕透了，像是被人用水泡過似的。

正當我在琢磨狗蛋家怎麼如此大意，居然連讓客人上的香都能弄濕時，一陣腥臭之風冷不防地朝我迎面吹來，地板上驀地多出了不少小孩子腳印的水跡，左手小指上的紅線更開始慢慢收縮⋯⋯

對了⋯⋯我忘了今晚是狗蛋的回魂夜啊⋯⋯

【老爸篇】

鬼打牆

　　所謂的回魂夜也就是我們常說的「頭七」，死者的亡魂據說都會在死後第七天回到自己家作最後的緬懷，根據風俗家人會準備死者生前喜歡的食物，一到晚上全家人都會早早就寢以作迴避，為免死者在看到親人後捨不得，影響投胎。

　　而今天恰恰就是狗蛋的回魂夜，我居然把這給忘了。現在小指上的紅線正不斷收縮來警告我附近有靈體的存在。

　　張神算也皺起了眉頭，恐怕他早已感覺到狗蛋回來了。他嘴巴開始以極小且快的速度吟經，反倒是我拿着香站在原地不知所措，顯得有點礙事。

　　憑空出現的水印逐漸遍佈整個地板，彷彿有一個濕了腳但看不見的透明人正在房子裡四處亂竄。第一次見到這種狀況的我真的害怕極了，我很想逃跑但是腳都被嚇軟了，想走也走不了。

　　突然間好像有人偷偷朝我的後頸處吹了一口氣，感覺又濕又冷的，明明是在炎熱的夏夜，但那一刻我卻有一種全身赤裸置身於冰窖中的感覺。我本能地想把頭轉過去看看

是誰在惡作劇，然而張神算察覺到我的舉動後就立馬停止吟經，兩隻手也嗖地扳住了我臉頰道：「**天黑莫回頭，背後不是人！**」

我當時就懵了……不是人？那就是鬼咯！我嚇得大叫：「哇啊！！！狗蛋是我！你兄弟我來給你上香來了！你別衝動啊！！！」在叫完後我既慌張又無助地望着張神算等他來給我解圍。

而張神算不慌不忙地從腰間取了根柳枝出來，是葉子連着樹枝的那種，他舉起柳枝就往我身後抽去，那種冰冷的感覺在頃刻間就消退了！我見腳能動了，就跑到張神算的背後躲了起來，生怕站在那裡又會發生甚麼事。

張神算說：「看來你那位小兄弟不太歡迎咱倆啊！」說罷他就領着我慢慢往門口退去，直到離開狗蛋家為止。

雖然我膽子不小，可被他這麼一搞也被嚇得只剩半條人命，離開狗蛋家時我真的有種大難不死、逃出生天的感覺。

我不安地問張神算為甚麼狗蛋要嚇我？是不是因為我當時沒有把他拉走所以他現在懷恨在心了？現在他是不是準備回來找我報仇了？張神算搖頭解釋：「今天是狗蛋的回魂夜，本應是活人迴避的。道理上，我們在那個時間點出

現是非常不恰當，再加上我滿身法器也讓它起了戒心，以為我是來收服它，所以狗蛋會生氣也是正常的。」

我又問：「既然是你惹毛的，為甚麼他要在我背後吹氣啊？」

張神算又回答：「不是他想附在你身後，而是他只能附到你身後，我滿身法器，狗蛋根本無法接近我，所以只能選擇在你頸後吹吹氣。此乃警告，意思是我們再不走他就不客氣了。」

「今晚還是讓狗蛋緬懷一下自己的家吧，我們就別打擾他了，明天再來作法送他一程。」

說罷張神算就想先送我回家自己再回去義莊，我心裡自然求之不得，被狗蛋這麼一搞後我可不敢一個人回家啊！我跟狗蛋家畢竟是有一段小距離，而且路途上某些地方更是漆黑一片甚麼也看不清。

有張神算陪伴，我的心頓時就踏實多了，不過奇怪的是今天大家為何都早早休息了？每家每戶都沒人點燈，現在只能靠張神算手上那盞燭燈來照明了。

路途上張神算給我講解民間最常用到的四樣驅鬼器具，

那就是鹽、米、鑼鼓以及剛剛用到的柳枝。一想到他簡單揮動柳枝數次就輕鬆將我救下了，對此感到相當神奇的我問他為甚麼柳枝能起到驅鬼作用。

張神算解釋時問我見過觀音像沒有，觀音娘娘手上不就拿着一個玉淨瓶嗎？而插在瓶子裡的那根樹枝其實就是柳枝，由於它是觀音的象徵所以能起驅鬼作用，所以俗語就有句話叫「柳枝打鬼矮三寸」。

不過並非每根柳枝都能起到驅鬼作用，打鬼的柳枝只能用在河邊折下來的，而長於山上的山柳是陰邪之物，不但不能驅鬼而且還會招來更多靈體。

我聽得津津有味的同時卻發現周遭的環境突然變得有點古怪……怎麼走了這麼久還沒到家？以我們兩人的腳程的話按道理應該早就到了才對，可現在我們卻好像在不知不覺中偏離了大路，更在同一個地方不停繞圈。

李家大門的那兩尊石獅已經第三次出現在我面前了，張神算問我是不是迷路了？我馬上反駁道：「我打從出生就一直住在這村子裡，怎麼可能會迷路？即使你讓我摸黑走回去我也能辦到！」

這話我可不是吹出來的，你爸我在這村子生活那麼久

了，甚麼大路小路都走過，就是沒有迷路過。

　　但是不管我領着張神算怎麼走也好，就是沒法從這循環中離開。當李家大門的石獅子第五次出現時，我真的沒轍了。

　　張神算起初沒有為意，只當我是被狗蛋的鬼魂嚇糊塗一時沒想起回家的路怎麼走而已，但後來他一睹我的表情就曉得我沒撒謊，我是不可能迷路，只是現在有股無形的力量正暗中阻礙我們走上正確的道路。

「糟了，該是碰到『鬼打牆』了！」張神算一拍腦門說。

　　我聽到後腿也又不自覺的軟了起來，鬼打牆……以前你爺爺經常跟我講有關鬼打牆的事，好像是說人在晚上獨自走路的時候容易被鬼魅蒙着了眼睛，以致不停在同一個地方裡繞圈。運氣好的人也許多走一會就能脫困，但是時運低的人很有可能會一直在原地繞圈直到力盡而亡。

　　那時候的我一聽就笑了，那有這麼不科學的事情？以為又是一個你爺爺為了不讓我晚上偷溜出去而編作出來的故事，我當時可沒想到自己真會碰上鬼打牆。於是我急忙問張神算我們應該怎麼做才能走回正道。

張神算拿出香煙抽起來，他深深吸了一大口煙然後噴出，正常來說香煙不是應該往上飄的嗎？但是張神算噴出煙氣卻是往下沉的，他看到這樣的情況後就更加確定我們是碰上鬼打牆了，因為我們現在處於一個陰氣極盛的環境之中，而這股陰氣重得連煙都被壓得往下沉。

他咬穿了中指滴了一點血到地上，嘴裡又輕聲唸着我聽不懂的經文，過了良久後他讓我再次帶路，但是情況未見有所好轉，我們繞了幾圈後又回到李家大門的石獅子前，慌了神的我不斷拽扯着張神算的衣角並問他該怎麼辦。

張神算見滴血辨路法沒用，於是就走到李家大門前想要敲門，而當我們在經過那對石獅子前時，我冷不丁的感覺自己好像被石獅子空洞的眼睛給盯了一眼。我安慰自己可能是一時錯覺而已，事後張神算卻告訴我也許是有靈體附身於石獅上，借其雙目來窺看我們，一但我們表現出驚慌的情緒，它們就很有可能趁機加害我們。

所以每當你夜闌人靜時獨自一人走在路上，不管遇到甚麼事情都要保持冷靜，特別是感覺到身後有人尾隨抑或有視線在一直盯着自己時。因為不管對方是賊還是靈體，只要你表現得驚慌那就正中他們下懷。

因為不管是人或靈都喜歡挑軟柿子來捏，取易不取難。

【老爸篇】

此時走到李門大家前的張神算伸出兩指敲了敲門板，奇怪的事發生了，張神算的手居然從門板中穿透過去，這兩扇看上去存在感十足的大門沒想到居然只是幻影！

張神算明白事態有多嚴重了，他跟我說我們不但是碰到鬼打牆，而且還被蒙住了眼，只要稍有不慎隨時都會出大事。

他讓我從現在開始不管發生甚麼事，也不能亂走，因為前面看起來也許是一條路，那實際上有可能是懸崖或者水窪，這些掩眼法通常是枉死鬼用來找替身的方法。

一想到自己危在旦夕小命隨時不保後，我就更加害怕了，張神算讓我千萬別慌並安慰我道：「我們能否從此處離開就全靠你了。」當時的我聽到後就懵了。

「靠我？一個十歲的小孩？那豈不是找死？」

他莞爾笑道：「正因為你是十歲，我們才有得救。」

「等等！」老爸突然把話打住了。

（欸？）

「我酒喝多了，要上廁所。」

（在這節骨眼你才停下來！太沒勁了！）

「錯了，不管當時還是現在，撒尿才是最重要的！」老爸說完就摀着小腹跑走了。而我則坐在飯桌邊琢磨老爸那句話的含義。

（難道說……）

這時候廁所傳來了馬桶沖水以及水龍頭出水的聲音，解手後的老爸慢條斯理地走了回來又開始滔滔不絕。

張神算解釋說對於破解這種魔障，童子尿有着妙不可言的功效，所以這一次就輪到了你爸我大顯身手了！

（……說到底還不是撒尿！有甚麼好自豪的？）

他讓我往前走兩步然後閉上眼睛朝西面撒尿，尿完轉身回來即可打破此魔障。我按照他的吩咐走了兩步轉身解開了褲頭，但是尿這玩意不是想撒就能撒，小雞雞在冷風中晾了半天就是尿不出一滴來。

在後邊叮囑我的張神算讓我在尿完前千萬別張開眼睛，而我則在心裡抱怨，這種情況下能尿出來才有鬼吶！我只好閉着眼睛跟張神算說我尿不出來。而他叫我回想一下狗蛋附在身後吹氣的感覺，我愣了一下，後背頓時一涼尿意亦隨之湧了上來。

在尿完後我張開了眼睛發現我們確實不在李家大門前，而是⋯⋯狗蛋淹死的那一條小河旁邊！

我急忙回頭想問張神算該怎麼辦，此時卻驀然發覺身後竟空無一人。張神算⋯⋯不見了。

哇！！！！！！

（嗚哇哇！！！！！老爸你突然間大叫幹甚麼！！！）

天黑豈回頭

鬼屋陰宅

壹

【老爸篇】

離別的靈魂

　　我連褲子都沒穿好就撲通一聲坐在地上，手上連蠟燭都沒有的我於這片黑暗當中更顯得孤立無助，要是有甚麼東西想要襲擊我的話，此刻恐怕就是最好的時機了。

　　那一晚的夜色很好，天上沒有多少雲所以我仍能藉着月光了解周圍的情況。在閉上眼睛撒尿前，我明明就在李家大門那裡，當時張神算確實是在背後的，結果沒想到眼睛一睜我卻莫名奇妙地來到狗蛋被淹死的那條河旁邊。

　　波光蕩漾的河雖然清澈見底，但是卻散發着腐肉的臭味。此時我心中懊惱萬分，早知道就聽你爺爺的話乖乖待在家裡，就不會遇上這種倒霉的事了。

　　我在倒映月光的河邊大聲喊叫着張神算，希望他能在聽到呼叫後前來救助，可我前後喊了差不多三分鐘都不見他的蹤影。後來我嫌喊三個字太費勁了，就直接喊起救命來，只求有人在聽到後能來救我。

　　此時背後突然間察覺到一股視線正躲在黑暗中凝望着我，正把我盯得心裡發毛，淚眼盈眶的我在精神上快要迎來極限。

「是誰啊！快點出來！明人不做暗事……你媽有種就別躲着！」我哭喪着臉叫道。

叫着叫着後頸處冷不防又被人吹了一口寒氣，那種掉入冰窖的感覺再度出現，紅線亦以強勁之勢收縮！就在我想放棄，回頭一窺究竟時。「**天黑莫回頭，背後不是人！**」張神算那句話驀地在我腦海中響起，於是我就把想要轉身慾望強忍下來了。

紅線收縮了說明我旁邊……不，現在我背後肯定是有着「甚麼東西」存在，要是表現得太過驚慌那我這條小命絕對是沒法保不住，我深呼吸數下讓頭腦冷靜下來，我的右手卻在呼吸期間碰到了一點東西。

那玩意呈長條狀，摸起來扁扁薄薄的。

沒想到我拿上手一看……居然是紙錢。

此時我才發現腳底下有着不少紙錢外，面前更有兩根燒剩半截的蠟燭插了在地上，可惜手頭上沒有生火工具，不然那半截的蠟燭我還能留着自己用。我又往地上摸了摸，又被我撿到一張燒了一半的紙條，上邊還寫着字的，憑藉着月色我總算能看清楚上面寫的是甚麼。

「致我愛兒陳狗蛋……」

　　狗蛋……對了！狗蛋死後他的家人曾經來過河邊拜祭，這裡恐怕就是他們拜祭的地方。字條後半的部份已被燒掉，但我估計這是狗蛋娘燒給狗蛋的信，據我所知狗蛋娘應該是不識字的，所以此信該是找人代筆撰寫的。

　　莫非……把我引來河邊的靈體是狗蛋？難道說它有甚麼事情想要跟我講才將我帶到這裡？

「狗蛋！是你嗎？」

　　在這寂靜的黑夜裡，我的聲音在河邊響徹起來。喊完以後，纏繞在身上的冰冷感覺就慢慢開始消失了，雙腳逐漸能夠活動。那靈體……無疑就是狗蛋，現在的我無法看到它，所以它就往我後頸吹氣好讓我能注意到。

「狗蛋，你是不是還有心事未了？如果是的話，兄弟我不管上刀山或者下油鍋都會替你完成的。」那股寒流從我的後背慢慢轉移至右手上，狗蛋娘寫給狗蛋的信亦開始不斷地抖動起來。

　　狗蛋娘的信？

我試探地問：「你是不是怕將來會沒人照顧你娘？所以就不捨得走了？要是我說對了你就讓紙條別再抖吧！」在我講完後，原先還抖動不已的紙條就驀地靜止下來。狗蛋果然是不捨得拋下自己的娘一個人離開啊……

「狗蛋你放心吧！兄弟我以後一定會替你好好照顧你娘的，我把她當作自己的娘那樣來看待，所以就你別擔心了……」我還沒把話說完，一隻大手就冷不提防地按了在我背脊之上。

「哇！！！」被嚇了一大跳的我把張神算的吩咐忘了個精光，並本能地轉過身來。

「耀祖，別怕，是我。」張神算滿頭大汗的出現在我面前，看來他是從遠處一路小跑過來的。

「媽啊！嚇死我了！」儘管剛剛已經尿了一回，但我還是感到有股暖流自我的褲檔處流淌而出……

　　（居然嚇尿了……）

　　我見是張神算後終於鬆了一大口氣，於是就問他去了哪裡，為甚麼要扔下我一個。結果他給予的回覆卻讓我感到毛骨悚然，因為……他在解除魔障後發現自己居然是在吊

死鬼林三的凶宅裡，而且還站了在一張椅子上，面前更有一條從橫樑上垂下來的繩子……要是晚一步醒來的話或許他就成了吊死鬼的替身了。

他清醒過來後頓時又驚又怒，驚是發現我不在了，害怕我會出甚麼事；怒是那間凶宅裡的鬼著實太大膽居然連他的主意都敢打，平常如此沉實穩重的張神算也難免肝火大動，他想也不想就把面前的繩子給拽下並用柳技不斷抽打那條出過不少人命的橫樑，抽完後還沒解恨的他還拿出了數道黃符貼了上去，在稍為發洩後他就馬上從凶宅離開並尋找我的蹤影。

俗語說鬼怕人七分是沒錯的，加上正值壯年的張神算當時還氣得七孔生煙，身上的陽氣極盛，所以才能在毫無阻礙的情況下從凶宅中離開。在憤怒過後則是害怕，不是怕死，而是怕我出事了自己沒法跟你爺爺交代。幸好他有聽到我的叫喊聲，於是便隨着我的聲音一路狂奔，最終在河邊找到了我。

我也把狗蛋的事一一告訴了張神算，他聽完後就把手中的柳枝別回腰間，原本只要狗蛋有着絲毫想要加害人的心，他就會用法器把狗蛋的靈魂打散，叫它魂飛魄散、五界不入。但在聽完我的敍述後他就明白狗蛋非但沒有加害我的意思，而且更暗中救了我一命。

從我莫名奇妙的在河邊出現一事來看，狗蛋是怕我被吊死鬼害死才將我引到河邊來的。否則我也很有可能會命喪於凶宅裡頭。

在聽完張神算解釋後我不禁熱淚盈眶，沒想到狗蛋不但沒有怪我當時不拉他走，而且還惦念着我怕我被害死。

「狗蛋……你放心走吧。」我朝着河面大喊。

張神算從口袋中拿出道符並分給我一張，他用火柴重新燃點地上那半截的蠟燭，然後又在蠟燭上接了火，把符給燒了。我看到後也依樣畫葫蘆把手上的符點着。當符完全熄滅時，灰燼裡升起了一陣清煙慢慢地飄往天空，張神算說狗蛋的靈魂會隨着煙梯離開人世。

過了一會後左手小指上的紅線亦放鬆開來，這代表着……狗蛋它終於離開了。

兄弟，一路好走。

完事後，我們終於平安無事的回到了家，剛進門就看到你爺爺在門口穿鞋子準備出去找我，張神算解釋是因為在路上遇到野狗所以耽誤到現在才回來，你爺爺知道我沒事後也放下了心頭大石。

第五章

這回他破天荒地留了張神算在家吃飯，我還記得那晚居然有魚，有肉還有酒，這對你那摳門的爺爺來講，可是下了血本的大事！我們在家裡一邊吃着肉一邊跟張神算聊天，張神算說明天一早他就會收拾好東西從義莊回去鄰村，待辦完事後再回來收拾那凶宅。

（看來張神算這一次真的生氣了。）

何止生氣！簡直就是氣炸了，居然敢在太歲頭上動土，老虎頭上找虱子，張神算素來不會胡亂將靈體打散的，因為不是所有靈體都會害人的，一旦它們對活人起了加害之心或者曾經害死過人，張神算就絕不留手。就像在河邊時，他要是發現狗蛋想把我當成替死鬼的話，肯定毫不猶疑就將狗蛋的靈魂打至灰飛煙滅。

在吃飽喝足後，張神算就自個兒回去休息了，你爺爺曾經試過挽留他在家中休息但被他婉拒了。而我當時也確實累透了，回到房間，倒在床上就馬上呼呼大睡起來，我本來還想起床後就去找狗蛋娘的，結果不知道是因為被子沒蓋好還是被狗蛋附在背後太久，第二天我居然感冒了，整整三天沒法下床。

待病好了以後再去狗蛋家時，我才發現狗蛋娘因為受不住家人的責罵以及對死去了的兒子的思念，一時想不開就

在村外找了一棵大樹自縊身亡。結果到最後我還是沒法遵守跟狗蛋的約定，有時我在想要是那天我沒感冒，狗蛋娘的命運會否因此改變？

但是這個世界是沒有如果的，事情錯過了就是錯過了，以後再做甚麼來彌補亦為時已晚。

所以⋯⋯好好孝順你老子我吧！

（結果話題繞了一圈還是在叫我孝順啊！我現在很不孝嗎？）

「樹欲靜而風不息，子欲養而親不在」這一句你聽過沒？

（老爸你放心好了，你要是突然間掛了，你兒子我肯定會為你披麻戴孝的！）

屌，你怎麼知道我不會白頭人送黑頭人？

人魄

從河邊回來後我又大病了一場，待我能下床時村子裡卻已流言滿天飛，有人說吊死鬼林三又開始作祟，更有一說是有小孩子路過凶宅時被鬼屋中厲鬼嚇得掉了魂，回家後就變得痴痴呆呆，生活再也無法自理，這傳言到了後來更演變成吊死鬼追魂索命，還言之鑿鑿地說已經出了好幾條人命了。

村長雖一度出面闢謠然而卻起不了甚麼作用，因吊死鬼來索命這說法已在村民心中落地盤根，想拔也拔不走，於是他就只好派人把通往凶宅的那一段路給封了起來，避免又有人不小心接近。雖然張神算在凶宅的橫梁上貼了符但以目前的情況來看，這符並沒有完全將它們給鎮住，一些眼界比較低的或屬通靈體質的人仍然能看到它們。

而狗蛋娘在村外上吊自殺後讓事情傳得更邪乎了，雖然兩者好像沒有甚麼直接關係，但是「上吊」這死法不多不少讓人覺得是跟吊死鬼索命有關。我聽到後就納悶了，狗蛋娘又沒有去過凶宅，而狗蛋家跟凶宅又有點距離，不管我怎麼想也好都沒法將兩者扯上關係。

要問我的話，我更偏向相信狗蛋娘是因為受不住喪子之

痛以及家人責罵才想不開去自殺的，只不過她選擇的自我了斷方法恰好是上吊而已。

狗蛋娘的遺體被葬了在狗蛋旁邊，沒想到狗蛋跟狗蛋娘居然是以這種形式來重逢……而沒有實現到與狗蛋的諾言也算是我這輩子裡其中一個大遺憾。

後來村子不知道為甚麼又有人傳出狗蛋娘不是自盡的，而是怨恨她的婆婆趁夜闌人靜找人給絞死再掛到樹上的。

理由是婆婆一直覺得狗蛋娘就是一個剋夫剋子孬種，先是婆婆的兒子狗蛋爸，接著就是寶貴孫子狗蛋。如果不把她除掉的話將來自己與其他家人被剋死也是早晚的事。單純把她趕走的話婆婆又不解氣，畢竟兒子和孫子已被她剋死了，而且誰也不知道她會否突然間跑回來報仇？

於是她決定一不做二不休，花錢從外地找了個人回來把狗蛋娘給殺了，再把事情包裝成狗蛋娘因思念亡兒而跑到村外上吊。

這傳聞詳細得就好像有人在兇案現場目睹一切似的，我起初是不相信的但是後來想到空穴來風，未必無因，如果狗蛋娘真是被人殺害的，我覺得自己是有責任去幫她洗雪沉冤的。

【老爸篇】

我老樣子還是趁你爺爺上早班時從窗口處游繩而下溜了出去，來到狗蛋家的我在大門處左探右探的希望能藉此找到線索，屋內離門口不遠處的供台上面放置了一張狗蛋娘的照片，而照片上方處貼了一張紙，上面以白底黑字寫了一個大大的奠字。

　　除此以外我就毫無收獲。正當我猶疑要不要偷溜進去搜集線索時，背後驀地傳來一把沙啞的老人聲：「你在我家門口幹甚麼？」

　　現在還是早上……可以回頭，我轉身後發現聲音的主人就是婆婆！只見她皺着眉狐疑地對我上下打量，難不成是把我當成是小偷了？事出突然我沒想到有甚麼藉口所以只能支吾以對，然而婆婆卻認出我是狗蛋的朋友，緊皺的眉頭也就因此鬆開了。

「欸？你不就是經常跟我孫子一起玩的那個小孩嗎？叫光宗那個？」

「我是耀祖，光宗是我爹。」
「喔……對對，是叫耀祖沒錯，那……」她突然以凌厲的眼神盯了我一眼幽幽道：「你跑來我家想幹甚麼？」

　　我的腦袋開始快速運轉，我總不能跟她說是來看看這會

不會有你把狗蛋娘殺掉的證據吧？於是我在瞥到供台後就隨便編了個理由出來：「我聽說狗蛋娘走了，想來給她上炷香……」

婆婆得知我是來給狗蛋娘上香時，臉色就變得不太好看，彷彿狗蛋娘根本就不值得受人香火。這個舉動增添了我的懷疑，難道狗蛋娘真如傳聞所言是被婆婆找人給殺了嗎？

「香在那邊，愛燒多少就多少。真是的，給那種人燒香幹甚麼……」婆婆扔下這一句後就走回屋內。在她離開後我就走到供台前取了三根香並在燭台上接了火，恭恭敬敬地拜了三拜就插進香爐裡，心裡還默念：「如果你真的是被人害死的話，那就保佑我替你找出真兇吧。」

沒想到婆婆突然間又在身後出現，這人走起路來怎麼都沒聲音啊？我轉頭一看發現她兩手裡分別端着一碗白粥和一盤饅頭。

「小傢伙，這大清早就過來上香，吃過早飯沒？沒就過來吃點。」她把早點放了在桌子上後就招呼我過去。

我心裡琢磨道：「該不會是被她察覺到我是來查探真相，所以準備下毒把我也弄死吧？」

今天早上確實因為急着出門而忘了吃早飯，被婆婆一提後肚子馬上就打起鼓來，我戰戰兢兢的走了過去，香噴噴還冒着白煙的白粥和饅頭像是在不斷引誘我，然而我卻遲遲不肯動手。婆婆見狀笑道：「你別客氣，這又沒毒，吃吧。」

這句話說到我心坎裡去了，我拿起了饅頭檢查了一下覺得看起來不像是有毒的樣子，於是就放開肚皮猛吃起來。

（說到底你還是嘴饞，敵不過誘惑，要真是有毒那怎辦？）

啊？你看我現在不就活得好好的？

婆婆見我在狼吞虎嚥後臉上流露出慈愛的表情，她笑着說：「你慢慢吃啊，別噎住了。」她還沒講完我還真被饅頭給嗆了一下，我不斷地咳嗽想給噎在氣管裡的饅頭給咳出來，而她則緊張地拍着我的背道：「你瞧！你瞧！就跟你說慢慢兒吃，沒人跟你搶的。」

過了一會後饅頭終於被抖了出來，婆婆悲傷地望着被嗆到涕涕橫流的我嘆道，如果狗蛋沒出事的話現在陪着她吃早飯的人應該就是他了，也不曉得自己上輩子到底造了甚麼孽，才會在老年失去兒子和孫子，這一切肯定都是那掃把星惹的禍。

我問婆婆是不是很討厭狗蛋娘，婆婆劈頭就罵：「討厭？我何止討厭她，我簡直就恨死她了，先是把我兒子剋死，然後又把我孫子給剋死，你說我怎會喜歡她？」

婆婆罵咧咧的走至供台前給狗蛋娘上香，又對着她的照片噴道：「你倒好，把活兒都扔下來給我幹，自己則跟兒子和丈夫快活去。可憐我這一老太婆不知道還得等多久才能下去與我的兒子丈夫相聚。」

婆婆一番抱怨完後就轉身回屋，她臨走前交待讓我慢慢吃，吃完後碗和盤子放在那裡就行了，在離開前，她的眼角處曾泛起了一絲淚光。

其實，我覺得婆婆也沒有自己口中所說的那樣討厭狗蛋娘。如果她真的對狗蛋娘恨之入骨的話，根本就不會在家給她設供台吧？

同為女人，同樣都經歷過喪父喪子之痛。她的眼淚或許是為跟自己有着相同經歷的狗蛋娘而流。

吃完後，我跟婆婆道謝後就走了。之後我獨自來到了村外狗蛋娘自絞的那棵樹下。我知道有一門偏方能檢測狗蛋娘是不是在此地上吊的，假若是真的話，那麼「趁着睡夢把狗蛋娘勒死在家裡」的謠言就站不住腳了。

人啊，有三魂七魄，在死後屬陽的魂會升天，而屬陰的
魄則會沉到地底下，當下沉的魄會在地底形成一塊類似木
炭的東西，稱為人魄。也有人說這木炭狀的玩意是上吊者
斷氣前所留下的最後一口怨氣，如果不掘出來除去的話遲
早會作祟害人。

　　（……你當時才十歲，到底是從哪裡聽來這些東西的？）

　　本草綱目。

　　（騙人！）

　　我沒騙你，這本草綱目真的記載了人魄這一條目。

　　（我不信老爸所說的，用手機上網查了一下還真的有這
一條目！）

　　時珍曰：此是縊死人，其下有物如麩炭，即時掘取便
得，稍遲則深入矣。不掘則必有再縊之禍。蓋人受陰陽二
氣，合成形體。魂魄聚則生，散則死。死則魂升於天，魄
降於地。魄屬陰，其精沉淪入地，化為此物；亦猶星隕為石，
虎死目光墜地化為白石，人血入地為磷為碧之意也。

　　不光是本草綱目有提及過人魄，就連宋朝的洗冤錄裡也

有提過要檢查一個人是不是自縊而死，就把地面掘開三尺，如若發現木炭就說明此人真的是因自縊而亡。

（不會吧……連講究科學的洗冤錄都有提到？）

不過洗冤錄的講法就不涉及鬼神，而跟當時的風俗有關，每個人自縊的人在上吊前都會在自己的腳下掘一個三尺的坑，然後埋入木炭取其「暖坑」之意，來世不旦可以盡快投胎而且還一世比一世好。

仔細想一想這講法挺白痴的，要有這麼好的話，這世界九成的人都會跑去上吊了，到時候你能看到滿街上都是吊死的人，樹上一個，電燈柱上又垂下來一個，對面天花……

（……請你別再描述那畫面了。）

總之經過這幾天發生的事後，我是比較偏向相信那是「人魄」而不是單純的「木炭」，於是我拿起從村裡偷……借來的鏟子開始掘起土來。

不過當年你老爸我年紀不大，而且還剛剛大病初癒，掘了幾下後就累得快趴下來了。整整三尺如果不用鏟子改用手來掘的話，恐怕把指頭磨破都掘不了一尺。可是不掘開的話我又無法查明狗蛋娘是否真在這裡上吊。

天黑莫回頭

厲鬼

壹

陰宅

【老爸篇】

正當我苦惱不堪時，一件怪事發生了，我的紅線短暫地收縮了一下，一陣帶着草青味的清風吹過後，我忽然覺得自己兩臂間充滿力量。

　　我拿起鑵子一試，神了，這土挖起來果然輕了不少。泥土像是豆腐似的被我一塊一塊鑵走，過了沒多久地面就被我挖出一個坑。在某一次我拿起鑵子用力鑵下去時，鑵子突然像是撞到甚麼硬物般發出了「鏗」的一聲。

　　我急忙伏下用手把覆蓋在硬物表層的泥給拍走，未幾，一塊巴掌大小，類似木炭的東西就安然躺於手中。

　　這就是人魄嗎？意外地輕啊。

　　既然找到了人魄，那狗蛋娘應該真的是在這裡自縊無誤了。我再次恭敬地給狗蛋娘上了香，然後就一把火將人魄給燒了。當它燒起來時，一縷青煙自火焰中裊裊昇起，我能感覺到狗蛋娘的魄已從人魄裡被解放出來。

　　好好跟狗蛋重聚吧，狗蛋娘。

天黑黑回頭

鬼廣
壹
陰宅

【老爸篇】

凶靈

把人魄燒掉後我就跑回家中，我記得張神算說過會在幾天後回來處理那凶宅，如無意外，現在他應該在路途上。

儘管凶宅已被封起來但是怪事仍然頻繁發生。當天夜裡有個鞋匠去朋友家作客，朋友準備了好酒好菜來接待他，兩人盡情地開懷暢飲了一番，於酒足飯飽後鞋匠準備回家了，可是由於朋友家跟他的家有點距離，若然能從凶宅那邊抄近路的話能節省不少路程。

被酒壯膽且本身就不太相信鬼神之說的鞋匠就決定不繞遠路，直接從凶宅那裡走回家。

「老子甚麼鬼都不怕！」鞋匠在離開前磅礡之勢跟朋友說，乍聽之下言辭間那股雄糾糾的男子氣概幾乎滿溢。

可在凶宅前被寒風一吹，鞋匠的酒醉馬上就醒了七分，當他發現自己真的置身於寒氣逼人的凶宅旁邊時，立馬就慫了，兩條腿抖個不停。本來他曾想沿路折返的可一想到自己曾經在朋友面前大放厥詞，要真回去的話這張臉怕是保不住了，認為士可殺，不可辱的鞋匠就只能硬着頭皮繼續在凶宅路上行走。

其實這段不長，平常人可能走個三分鐘左右就能走完了，可今晚都走了將近半小時鞋匠仍未能從道中離開。此時的他終於察覺到事態嚴重，於是就加快腳程，可與此同時他感覺身後好像突然出現了一道冰冷的目光在黑暗中監視着自己。起初鞋匠以為是錯覺而已，但不管他走了多久那被人盯着的感覺始終存在，不寒而慄的鞋匠撒起腿就跑了起來。

「沙沙——沙沙」跑動使鞋履不斷與地面磨擦，手中的燭光不斷搖曳

「嘎……嘎」呼吸亦因此變得急促。

跑了半天他發現自己居然又回到了凶宅門口，彷彿自己根本沒移動過，慌張的鞋匠手一抖竟把唯一提供光源的燭燈摔到地上，凶宅大門亦在此時「嘎——」的一聲開出了一條細縫，像是有人正從門縫裡偷看似的。

驚惶失措的鞋匠嚇得撒腿就跑，顧不上手中無燈，摸黑逃命。

就在他無頭無腦的狂奔了一段時間後，前方終於出現了一絲火光，鞋匠大喜心想終於能逃出生天了。

可當他朝着火光跑了一會兒後，他就漸漸感到不對勁，怎麼四周的景色會如此熟悉，在來到距離火光不遠處時更是停了下來，原來那火光……

　　就是他先前所掉下的燭燈，他……又再一次回到凶宅前！

　　這時素來不信世間有鬼的鞋匠也猶疑了，在他有點不知所措時，一把哀怨飄渺的女聲自身後幽幽傳來。

「你有看見我的繩子嗎？」

　　嚇得面如土色的鞋匠嚇得猛地轉頭想知道是誰在講話，結果一轉卻發現背後根本空無一人，更別提有甚麼女人了。

　　鞋匠鬆了一口氣以為自己是太緊張才會聽錯，但是等他別過頭回去就發現眼前多了一個身穿白衣，面色慘白，吐着長舌頭的可怕女人！

「你……有看見我的繩子嗎？」眼睛反白的女人正以詭異的笑容凝望自己。

　　鞋匠一聲慘叫就罵出了他這輩子學到的所有髒話，然後拔腿就往回跑，也許是罵髒話生了效，這回他還真的從凶

宅裡逃了出來並回到了朋友家。他的朋友聽到有人慘叫後也從門口探頭想查看發生甚麼事，沒想到卻見到鞋匠以半跑半爬的姿態從小路中衝出，鞋匠全身發抖着抓住了朋友的衣袖，把剛剛的遭遇全盤告之。

經此一役後，凶宅鬧鬼一事也傳得更厲害了，我對此很是憂心，因為以前偶而才會有鬧鬼的傳聞，從來沒有像這幾天般傳得如此頻密的，我在想這一切會不會是因為門口的封條被狗蛋扯開導致？回想起來那兩張貼在門口的的紙條比起封條，其實更像是符咒之類的東西。

難道那是鎮壓宅內凶靈用的符咒？而狗蛋把它們扯下導致長年被困裡面的吊死鬼有機會出來作祟。

過了沒多久後，終於盼到張神算回來那天了，這一次他不是隻身而來，身邊多一個胖禿子。他從外表雖然看上去很是粗獷，但臉上總是保持着祥和的笑容，整體來說給我的感覺還不賴。

張神算跟我介紹了一下禿子，他叫朱弟，曾經當過一段時間和尚但後來還俗並來到鄰村找了份屠房的差事做，由於他略懂經文再加上從事屠業的人身上的煞氣都比較重，於是就找了他來幫忙。

【老爸篇】

而禿子見到我後就樂呵呵的從包袱裡拿了一塊米糕給我當見面禮，他說這是他們村的特產，而我也老實不客氣地收下了。在我吃的津津有味時，他問張神算我是不是那天幫他破了鬼打牆的那個小孩。

張神算笑着點頭稱是，禿子聽到後就更樂了，他摸着我的頭稱讚道：「沒想到人看起來小小的，膽子倒是挺大啊。」我尷尬地笑了起來，因為他們不知道那晚我在河邊都嚇尿了。

兩人抵達村子時已經中午了，於是張神算就讓先我領他們去吃中飯，吃完再準備除靈要用的東西。對此我自然一口答應，因為這樣意味着我又能再度蹭飯吃。

我把他們倆領到村內另一家小飯館，大伙兒坐下後禿子就立馬點了好幾個小菜，更要了兩瓶酒想跟張神算喝，不過張神算不嗜酒於是就婉拒了。可禿子覺得一個人喝酒沒意思就讓我陪他喝幾杯，我聽到後想也不想拿起張神算面前的杯子給乾了。

禿子馬上就拍案叫好！說我這小伙子夠大氣，有意思！張神算不悦地瞥了我一眼讓我別再喝了，不然自己沒法跟你爺爺交代。

（你十歲就開始喝酒了？）

何止，我十五歲就開始抽煙了，不過最近身體不太好才把多年的煙癮給戒了。

之後禿子就一個人在那邊一杯接一杯的喝，把桌面上的兩瓶酒都乾完後，臉仍然沒紅過，而且他不單酒量好，飯量也大，我跟張神算合起來才吃了幾碗飯，而他一個人就能把一大盤剛煮好的白米飯吃得一顆不剩。我是第一次親眼見識到胃口大的人，整個人都看呆了，心想自己飯量也這麼大的話，你爺爺非把我趕出家門不可。

用餐完畢後時間已接近兩點，張神算結了帳並帶着我們兩人去了義莊一趟。義莊的老頭見到張神算很是意外，不知道他這次回來所為何事，於是張神算就把自己想打聽一下吊死鬼林三的事告訴老頭。

老頭知道後用拇指揉搓着太陽穴，在記憶之海中尋找着有關凶宅的故事，過了良久，老頭終於整理好思緒並將林三上吊一事徐徐道出。

「這吊死鬼林三啊……雖然已經是好幾年前的事但我至今仍然未能忘懷，當時他們全家都上吊了不是嗎？結果遺體全都搬到這裡放着，這一擱又是半個月，後來是他們的遠

房親戚來幫忙處理才入土為安的。存放期間發生的怪事我就不多說了，不外乎是半夜騷擾我，害我不得安睡罷了。

　　說回林三吧，聞訊有人在清理凶宅時找到了一封遺書，裡面寫了林三的遺言和他要帶着全家一起上路的原因。當年林三跟朋友合伙搞了點小生意，好像是買賣茶葉的，有一回他的朋友說雲南有一批好茶葉，所以準備去進一點貨來運到別處去賣，朋友跟他講這是一個賺大錢的好機會，騙了林三把所有家當都壓了上去而且更跟別人借了一大筆錢給他的朋友去辦貨。

　　沒想到這朋友拿了錢後就再也沒回來過，林三在過了兩個月後發現朋友仍然杳無音訊才發現自己被騙了。當時債主已開始上門討債，不過由於林三把所有錢都給了朋友，根本連利息都還不起，債主見林三還不起錢就對林三那如花似玉的老婆起了壞心眼，他讓林三的老婆陪他睡一夜來當作利息，林三自然不肯想要抵抗，於是債主就叫幾個人按住林三然後自己當着他面前強上了他的老婆。

　　可憐林夫人雖然也曾拼死掙扎，但終歸也敵不過對方的蠻力，只能流着冤屈的淚水任由債主恣意地在自己身上發洩獸慾。

　　林三目睹自己老婆被別的男人糟蹋後精神就出了問題，

他不但沒有好好安慰她而且還天天打她罵她，嫌她髒。而林夫人終日也只能以淚洗臉，最後林三徹底瘋了，他先是把家人全都用手勒死然後掛在橫樑上，最後自己也以自縊來結束了他可悲的一生。

他的遺書裡寫了老婆孩子全都是屬於他的，生是他的人，死也是他的鬼，這房子也是屬於他的，別人要是想要打他的房子主意的話……全都不‧得‧好‧死！」

在老頭一字一頓提到不得好死四字時，我渾身不其然地打了個哆嗦。

老頭講完遺書後就講林三的死狀，除了舌頭外翻、大小便失禁，這些上吊自殺者的經常出現的狀況外，林三在失控前很有可能抽了點大煙，以致他在死後面上總是流露出一種喜悅的表情。

禿子在聽完後就是一頓大罵，說這林三想死就算了，居然連自己家人都拉下去陪葬，簡直不是男人的所為。暴怒的他向老頭詢問林三的墳的位置，因為他準備去挖開他的墳再把那狗娘養的抓出來鞭屍。

果然是屠夫，脾氣還真夠火爆的，根本沒人會相信他以前曾經還出過家當過和尚。張神算稍微抬手來讓禿子別衝

動，過後老頭告訴禿子，他已經晚了一步因為墳早被債主給刨了。

而張神算總算也了解到林三的冤氣為何如此重了，先是被騙，後來妻子也在自己面前被人強暴，死後連墳都被人刨，這冤氣能不重嗎？不過儘管他是有着多麼可憐的理由，生前殺害家人經已罪孽深重，死後還想害死其他無辜的人更是不可饒恕。

張神算跟禿子在義莊當中整理待會兒要用上的法器，我本來以為他這一次也會把我捎上的，沒想到他跟我說這一次的目標不好對付，他怕無暇照顧我的安危於是拒絕讓我隨行。

我就不樂意了，難得有一次除靈儀式就在自己身邊舉行，不看實在是對不起自己啊！

但是張神算堅持不讓我去，所以我就只好先行回家了。還好抵達時你爺爺還沒到家，於是我就待在家裡，直到晚上，在吃過晚飯後我假裝有點累了要早點休息，把房門鎖上後又從窗口溜了出來直往凶宅方向奔去。

（你的膽子還真不小啊……換作是我肯定會聽張神算的吩咐乖乖留在家裡。）

你爸我本來膽子就大，在經過那幾天的磨練後就更不把那些鬼怪當作一回事兒了。明知道冒着風險也要去，就是為了滿足自己那顆渴求探索的心。

到達凶宅時張神算他們早已在裡頭準備儀式，我從遠處看到有燭光從屋子裡傳出，我怕錯過最精彩的地方就急忙跑了過去，然後趴在窗邊偷看。

只見張神算換了一身整齊的黃道服，在屋子的四角以及中間都放了根長長的紅蠟燭，而禿子也換了一身乾淨的衣服坐了在橫樑下吟經。張神算用紅線在橫樑上掛了幾個套，就是人上吊自絞時用的那種套。

準備就緒，張神算拿出了柳枝開始抽打橫樑，同時間屋內的燭光在無風的情況下搖晃，四角的燭光更於數下閃爍後全數熄滅！只剩中間的那根仍然亮着。在一輪短暫的死寂後耳邊驀地傳來幾把慘叫聲！老的，小的，男的，女的，聲音淒厲之極，簡直就可以用撕心裂肺來形容，聽起來就像是人在臨死前快要斷氣時所發出的慘叫一樣……

儘管我的膽子是大了不少，但仍然被嚇得叫出聲來，這一叫就讓屋子裡的張神算察覺到我的存在。他又急又怒的朝我罵道：「你這小子怎麼如此不聽話？」

【老爸篇】

我不知道該逃離凶宅還是先躲起來免得影響他們作法，而張神算卻焦急的讓我趕緊從窗口進來燭光能照到的地方。我不敢有誤二下就經由窗子翻進屋內，我後腳剛進，窗子就馬上「嘭」的重重關上。

　　屋子的主人看來沒有打算讓進來的客人離開啊……

　　「我不就已經讓你別跟上來的嗎！要真出事了我可沒法跟你爸交代！」張神算把一道黃符塞到我手裡。他再三叮囑我，千萬不要離開燭光照到的範圍、手上的符別掉、站在他的身後別亂看亂動，我把頭點得像搗蒜似的答應說這回保證會聽話。

　　這時候禿子突然說了句：「來了！」然後在這密封了的屋子裡居然刮起了陣陣陰風，中間的長紅燭被吹得像是左右亂晃，像隨時都會熄滅似的，而我小指的紅線亦開始收縮，這一次……居然縮了五回。

　　這麼說身邊恐怕已經來了五隻看不見的靈體咯……心驚膽戰的我把符死死攥着，生怕符一掉，小命就不保了。張神算把柳枝當劍使似的在屋中舞動，慘叫聲亦愈來愈大聲，而且一回要比一回淒厲。那恐怖的臨場感是世界上任何一部驚慄電影都無辦法比擬。

我害怕地縮成一團，而沒有時間理會我的張神算繼續揮舞柳枝，突然間，柳枝在沒有碰到甚麼東西的情況下在空中斷成兩截，正當我以為要出大事時，坐在地上不斷吟經的禿子卻高興地大喊：「好！打掉一隻了！」

　　看來只要把靈體打掉後柳枝就會斷裂的樣子，在我眼裡柳枝或許沒有碰到任何東西，但實際上張神算應該是在用它抽打着那群吊死鬼。

　　於柳枝斷掉後張神算不慌不忙又從腰間抽出了兩根新的繼續舞動，狂舞了一會後兩根新的也相繼斷裂，說明又有兩隻被打掉。同時我也察覺到慘叫聲的數量也從原先五把聲音削減成兩把，一把男的，一把女的。

　　其實也挺順利的嘛，根本沒有張神算口中所說的那麼危險，在目睹第四根柳枝斷掉後我也就此放下心來，但第五根張神算揮舞了整整半個小時都沒有斷掉，當時慘叫聲只剩下一把男的，剩下來的恐怕就是最凶最惡的那隻吊死鬼——林三了。

　　眼見張神算揮舞得滿頭大汗時，我恨不得自己上前接力替他來揮，但這時候我卻感到有灰塵飛入眼中裡癢得不行，於是就下意識地用手去揉眼，禿子見我用拿着符的手去揉眼，當下急得連經也不唸大喊：「別揉啊！！！」

只是為時太晚了，我已經用手揉了個爽，那時候我還懵然不知我做了這輩子最傻的事……

在我張開雙眼後，我驚覺屋中居然多出了一個我從沒見過的男人……那男人雙腳離地，頭還套在張神算用紅線綁出來的套子裡，一臉死白的它還咧起嘴巴吐着長舌朝我怪笑。

哇！！！！！！！！！

（哇！！！！！！你怎麼突然又怪叫啊！！！！！！）

年紀太輕，心臟承受能力不佳的我不但被吊死鬼的鬼樣嚇得慘叫，更在慌亂中把全屋唯一的蠟燭給碰倒了，蠟燭雖然沒有熄滅但屋子裡被光照到的地方則因它的倒下而變小了，張神算整個人更因為沒有燭光而沒入至黑暗之中，如今就只剩下我跟禿子仍在燭光照到的範圍內。

看不見身影的張神算突然發出了呼吸困難的聲音，而禿子大聲喝令我趕快把蠟燭扶正，我急忙轉身去把蠟燭扶好，當我回過頭時吊在橫樑上的男人不見了，重新映入眼中的張神算不但雙腳懸空，脖子上更出現了十個深陷的指印，就像被一雙無形之手給勒住了般，無法呼吸的他艱苦地用雙手在空中亂抓。

我急忙拿起他掉到地上的柳枝朝張神算身後抽去，但卻沒甚麼作用，張神算的臉因缺氧而逐漸變白，禿子此時拿着銅鑼朝我說了句：「讓開！」後就使出渾身的力氣朝鑼中間擊打，抓着張神算的無形之手在鑼聲響起亦現出原形並把手鬆開。

張神算用嘴巴大口大口的呼吸着，看來剛剛他差點就窒息了。喘過氣來的他怒氣爆錶到一個新高點，他居然對那靈體罵了幾句髒話！平常斯文有禮的張神算罵髒話了！可以想像到他當時到底有多生氣。他用紅繩繞在柳枝上並出盡全力抽打吊死鬼，它的身體在連番抽打後愈縮愈小，到最後更被打得魂飛魄散。

在吊死鬼消失後，整個房子都靜下來而四角的燭光亦在此時重新亮起，累壞的張神算坐在地上，而禿子也扔下了手中的銅鑼躺下。

看來……完結了吧？

「那鬼的樣子還真夠恐怖啊！」我隨意地說一些自己的看法。

張神算和禿子像是聽到甚麼不得了的事似的同時驚訝地望着我。

【老爸篇】

「耀祖⋯⋯你⋯⋯你剛說甚麼？」張神算大為緊張地問。

「糟了，小張，剛剛這小子用手揉眼了。」

　　張神算雙目圓睜虛脫地凝望我道：「完了⋯⋯居然開了天眼，耀祖，有一必有二，你這輩子恐怕都得跟它們打交道了。」

天黑別回頭

鬼 壓
壹
陰 宅

【老爸篇】

替死鬼

「有一就有二？張先生，我不懂你的意思。」
「你剛剛看到它了吧？對嗎？」

　　我弱弱地點了點頭，張神算則無力地闔上眼睛。過了良久他才跟我解釋到底發生了甚麼事。

「常言道人死如燈滅，意思是人死了後就如同燈滅了一樣，甚麼都沒有了。但是這樣的說法並不完全正確，用一根蠟燭來代表人的話，蠟就是身體，燭光就是生命。人死了燭光是沒了，但蠟不就餘了下來嗎？這就是指你的肉身。而燭光熄滅時不就有餘煙會從燈芯離開嗎？這指的就是靈魂。

　　靈魂是存在的，但卻不是每個人都能看見，有些人天賦異稟天生就能看到靈體，人稱『陰陽眼』，像我們這些先天不具備的人可以後天開啟天眼，就像你剛剛用符揉眼一樣都是其中一個方法。

　　當你親眼看到靈體就等於在你跟它們之間架了一道溝通的橋樑，有了第一次，就會有第二次，第三次，這輩子都無法擺脫跟它們的關係。」

　　我嚇了一跳，我可不希望再看到像吊死鬼那樣死狀恐怖的鬼魂啊！

　　張神算看到我的反應後就從口袋裡拿了一個玉佩出來塞到我的手中，我拿上手瞧了瞧，玉佩上刻了個佛像在上面並用紅線穿了起來。

「欸？你不是道士嗎？怎麼給我一面佛牌？」
「裡頭故事可長了，今天不宜多說，這是我平常都戴着的玉佩，只會在除靈時除下，現在我把它送給你，除了洗澡外你每天二十四小時都要戴着它，只要它掛在你頸上你就不會看到那些靈體。」

　　禿子這時候搭話了：「這玩意我也有一塊。」說完他也從口袋裡掏出了一個玉佩。炫耀一番後他又把玉佩收了回去：「你這小傢伙以後得多聽大人們的話，這玩意非必要別脫下來，不然你早晚會得精神病。」

「為甚麼啊？」
「喲？這還用問？想想看你跟一個人聊了半天後才發現對方根本不是人，那你會怎辦？別人看見你對着空氣聊了個不亦樂乎時，他們又會怎麼想？這只會導致兩個結果，要不就是你到最後分不清所有人到底是人是鬼而神經衰弱，要不就是別人把你當成一個會跟空氣講話的神經病，反正

到最後在別人眼中都是一個神經病就是了。」

聽罷我馬上乖乖地將玉佩戴上，不過紅線有點長，玉佩都快垂到我肚臍眼上了。張神算說這凶宅裡的事還沒辦完。禿子像是想起甚麼般，拍了拍自己光溜溜的腦袋瓜並走到凶宅門外拿了兩把鐵鏈進來，他把其中一把遞了給張神算後就在橫樑下挖起來。

我看到後就知道他們準備把林三的「魄」給挖出來。雖然它的魂已被張神算打散了，不過為了安全起見還是把那「魄」也清掉會比較好。只見兩個大人三下五除二就將硬蹦蹦的地面給挖開，花了沒多長時間更順利地將那塊像是木炭一樣的人魄給挖了出來，張神算吩咐禿子一把火將那玩意燒了。

這凶宅總算是可以安寧下來。

不過我還是多口問了一句：「把那魄給燒掉後就算是告一段落了吧？」張神算聽到我口中提到魄後，就好奇地問我是怎麼知道那是魄？我就把從書中看到和狗蛋娘一事全都告訴給他，他笑了笑對禿子說：「喂，老朱，搶飯碗的人來了。這小子十歲就會處理人魄，將來要是成了同行可真不得了。」

在門外的禿子聽到後也笑道：「媽的，要是他敢跟老子搶飯碗我可饒不了他。」

把處理好人魄後他就在屋內撒鹽防止有別的靈體入侵這裡，而沒事幹的我則爬到坑裡探頭探腦。不知道為甚麼，直覺告訴我下面好像有甚麼東西在，於是我就用手去挖，沒想到挖了幾下後還真又被我挖出了一個黑色硬物。

這回我可不敢再亂來於是就忙呼來了張神算，他來到了我身邊時，我就把那黑色之物指了給他看，張神算看到後也覺得奇怪於是就使勁把那玩意從地裡拔了出來。

沒想到……那居然是另一個人魄。

而在那人魄離開坑洞時，數以百計的黑色小蟲像是被炸了窩似的驀地從坑內爬出，大吃一驚的我馬上跳到椅子上躲避。這些不知從何而來的小蟲向四方八面逃去，沒過多久就一隻不剩的全跑了。

心有餘悸的我問張神算這到底是怎麼一回事，他一時間也摸不着頭腦，而禿子在燒完人魄後也回到了屋內，他看到張神算手裡的人魄時就問：「怎麼又挖出來一個了？不是說只有林三一個是上吊死的嗎？」

「不是林三家的?那到底這多出來的魄是誰的?」我狐疑地問。

不是林三家的這一句像是觸到張神算的神經似的,他一拍腦門道:「我就想這林三怎麼這麼倒霉,這下總算是搞清楚發生甚麼事了。」

他解釋一切真如義莊老頭所說的話,那這塊人魄自然就不是屬於林三那家人的了,如果說這房子不是在林三死前才變凶宅,而是之前呢?禿子搞不懂張神算在說甚麼就讓他別賣甚麼關子,趕緊把答案說出來。

「恐怕在林三一家入住之前就有人在這屋子裡上吊過了,這樣就解釋了為何多一塊人魄,而不知道這屋子曾經死過人的林三買了這裡下,並舉家搬遷,結果不但家破人亡還成了前一個吊死鬼的替身。那些黑色小蟲是前一個死者的怨氣久積化成的,在魄被挖走後就一下子全釋放出來了。」

我聞訊後大驚,該不會還有一隻鬼沒有被驅除掉,現在正躲在屋子裡某地方等待機會撲出來襲擊我們吧?

張神算安慰我道:「不用擔心,我不就說了前一個死者已經找到了替死鬼了嗎?現在的它恐怕已投胎轉生了。不過肯定不會是人,也許是蟲子、羊或者是豬。」

禿子笑道：「要是豬的話我還說不定親手宰過它一次呢！這種死了還要找人墊背的傢伙就該多被宰幾次。」

張神算讓禿子把第二塊人魄也燒了，而他則在坑裡多挖了幾下，在確定再也沒有別的魄後就送了我回家，而他則跟禿子回義莊。

那一天夜裡我試着把枕頭下的剪刀拿走想試着還會不會作惡夢，結果我睡了一個囫圇覺，整整一宿也沒有醒過直到天泛魚肚白我才從床上爬起。

纏繞在我身邊的麻煩已被張神算去除，所以我才能如此安睡，不過張神算說我不要高興得太早，由於我已經見過一次靈體的關係，今後會有更多各式各樣的鬼魂將會纏上我。

因為有一就有二，只要開了頭誰也別想脫得了關係。

村子裡的事情解決了，張神算和禿子準備起行回鄰村，臨走前張神算找到了我，把一本殘舊的書以及一卷紅線交到我手上，他說書上記載了一些基本的驅邪方法，讓我好好學習一下以後自己可以用來防身，而紅線是他自己煉出來的，也能起到避邪作用，將來我也許會用得着所以也一同送我了。

在交待完後，他就和禿子一起離開了，我打從心底裡感激張神算為我所做的一切，我偶爾有空就會去他所暫住的鄰村探望他，直到我因為要響應上山下鄉運動而被派到偏遠地方務農才減少了聯絡。

（那張神算他現在還活着嗎？）

「……好些年前因為某件事導致他喪生了。」老爸悲傷地合上了眼睛，看來他不太想提起這件事，我還是問點別的事情好了。

（老爸，那個……你真的能看到鬼魂嗎？）

老爸想了想然後走到了一個木櫃前開始翻箱倒櫃的找了起來，最後從一個抽屜裡拿出了一個刻有佛像的玉佩和半卷紅線放在我的面前。

這我還用騙你嗎？張神算給我的書在上山下鄉時被沒收了，不過還好我都記在腦袋裡了，現在從他手上得到的東西就只剩下這兩樣了。

（這玉佩……他不是叫你除了洗澡別脫下來嗎？怎麼你把它收到抽屜裡了？）

因為啊，我已經用不着這玩意了，這兩樣東西我就傳給你吧。以後你或許會用得着它們……不，你一定會用得着他們。

欸，講了這麼久我也累了，你先回去吧！改天你帶了酒菜上來我再給你說。

說完後老爸就走進睡房裡休息，而我在關上大廳的燈後也就離開了。

也許你會問，為甚麼我跟老爸關係這麼好但卻也不住在一起？那是因為我覺得男人不應該總是賴在家裡，所以畢業找到工作後，我就自己去租了個房子搬了出去，嘗試讓自己獨立起來。雖然生活費不夠的時候我還是會厚着臉皮回來跟老爸借，但是現在的次數比起一開始要少很多就是了。

有時候更是反過來，他跟我借零花錢。

在回到我住的地方後，滿身大汗的我脫了衣服打算洗個澡才去睡覺，在的衣服時紅線從我的衣袋裡掉了出來。看到這紅線後我就想試一下它是不是真的如老爸所說的，有着探測鬼魂的能力，於是就剪了一小段下來綁到了自己的左手小指上。

但是綁上去後卻甚麼反應也沒有，嗯⋯⋯也許是因為我住的這個地方並沒有甚麼不乾淨的東西吧？這麼一想後，我倒是心安了不少。

算了，反正把它綁在手指上也不礙事，就先戴個幾天看看吧！

我走進了浴室扭開了花灑後就洗刷起來，在我閉上眼睛洗頭時⋯⋯紅線卻突然收縮了！

頂着滿頭的泡沫的我在感覺到紅線收縮後就馬上把眼睛睜開，可浴室內除了我外就別無他人，鏡子上更只有霧氣以及我那模糊的樣子而已。

虛驚一場⋯⋯紅線應該是因被水淋到才收縮的。

但後來我才知道紅線在當時確確實實地收縮了⋯⋯因為在我閉上眼睛洗頭時，身邊的確是存在着一個看不見的靈體，為甚麼我會知道？這就是後話了。

天黑請回頭

鬼
壹
屋 陰宅

【老爸篇】

天黑真回頭

厲鬼　壹　陰宅

仲佑篇

鬼壓床

　　我一邊用毛巾拭擦着頭，一邊從熱氣騰騰的浴室當中走了出來，瞄了時鐘一眼發現原來都快十二點了，完了，明天還要上班，不知道會不會因為睡過頭而遲到。

　　我躺了在床上讓全身放鬆，想讓自己盡快入夢，可閉上眼睛後腦海卻不斷浮現出老爸所講的故事，那些駭人的畫面害我在床上輾轉反側無法入睡。

　　反正是睡不著了，於是我想就把老爸給我的玉佩拿出來好好端詳一番，當我把褲子從椅子上拿了過來，一手探進了口袋裡時卻發現……空的。不是吧？剛到手就弄丟了？這事要被老爸知道那我可完蛋了，心急如焚的我將褲子上所有的口袋全翻了遍但仍未能找到玉佩。

　　我開始拚命回想玉佩到底會掉在甚麼地方。左側口袋是放錢包的，而右邊則放了我的手機，後面則放了大門鎖匙，我記得接過玉佩後就把它放到裝鎖匙的口袋裡，或許是開門時不小心落在門口了。

　　於是我就起了床往大門走去，結果一打門就發現玉佩安然地躺在地上，幸好回來時已是深夜時分，不然玉佩就很

有可能就被人撿走了。

　　把鐵閘門打開的我在彎腰去撿玉佩時，後樓梯卻驀地傳來了一陣急促的腳步聲。

「噔噔……噔噔……」

　　好奇的我撿起玉佩後就推開防煙門走進後樓梯裡，沒想到卻與一名身穿白服，面帶口罩的男人迎面相遇，由於口罩的緣故以致我沒法看清楚他的臉，只見他以冷峻的目光瞥了我一眼後就直往樓下奔去。

「神經病……這大半夜的跑那麼快是趕着去投胎？」

　　朝他的背影小罵了一句的我在準備轉身回去時，發現但凡他走過的地方都落下了滴滴紅點，是顏料？我好奇的把臉湊了過去想看清楚是甚麼，一陣迎面撲來的血腥味卻告訴那根本不是甚麼顏料，而是血！

　　他受傷了？跑得那麼快，是趕着去醫院止血吧？

　　反正睡不着，我就回家戴上手套拿了點清潔劑把那條血路給處理掉了，保持清潔人人有責嘛！對不對？

但萬萬沒想到這一擦結果……就惹禍上身了。

接下來的日子裡，不知道為甚麼每逢到了晚上 11 點 08 分時左手小指上的紅線都會定時收縮，紅線收縮就代表身邊有靈體，每當我想到這心裡就很是害怕，因為我也擔心自己跟林三一樣懵然不知的住進了凶宅裡頭，最後卻成了他人的替身……

在某一天早上，我特意給樓下的老看更帶了一包香煙，想藉此打聽一下我住的單位以前有沒有出過甚麼命案，要是真發現死過人的話，我肯定毫不猶疑地立馬找搬走！片刻也不逗留！

老看更在收下煙後笑着告訴我，這大廈十年前建好後他就已經在這當看更，直到今天都沒接過有住客身故在家中的報告，我得到這答覆後心裡頓時安穩多了，但為甚麼紅線每到 11 點 08 分都會收縮一次呢？不解的我撥了通電話問老爸這到底是怎麼一回事，而電話另一邊的老爸簡單直接地告訴我紅線收縮就是身邊有靈體出現，而為甚麼會在特定時間收縮他也不清楚，講完後他就掛掉了我的電話。

兒子都這樣講了後也不曉得關心一下，真是一個好老爸啊！到底他覺得這只是小事一樁不值得關心還是認為我完全有足夠能力去處理這事？

為求心安，我在家裡安置了一尊佛像，然後又從老爸那裡拿了兩道黃符，一道貼在大門，一張貼在床頭，可情況仍然沒有一點改善。現在只要紅線一收縮我就知道已經到了 11 點 08 分。

直到幾天後，一陣惡臭傳翻這幢大廈裡時我才知道紅線收縮的真相。

樓上九樓的女住客被人殺害了。

屍體因腐爛而傳出惡臭，法醫根據女死者的胃內含物的消化程度來推斷死亡時間。

大概是在十一點左右。

我在得知死亡推定時間後，全身的雞皮疙瘩都一下子全起來了，整個人感到搖搖晃晃的，連走路也走不穩。

女死者的死亡時間跟紅線的收縮時間如此接近，我不相信天底下會有如此巧合的事。

死者被發現時已經死去已久，身上有多達十處的刀傷，而直接導致她死亡的是脖子上那道深深的傷口，大動脈連同喉嚨都被兇手粗暴地割開了。行兇動機未明的兇手在犯

案後就逃之夭夭了。

　　說起來在案發當日，我記得自己曾經在後樓梯裡遇見一個可疑的男人，我們還一度對視過⋯⋯如果他就是真兇的話⋯⋯

　　完了，不知道他會不會已把我的樣子給記住，現在正找機會準備過來殺人滅口⋯⋯可後來仔細一想，他當時戴着口罩我也看不清他的臉，根本無助破案，所以他把我殺掉的意義不大反倒是因此增加了自己落網的機會。

　　女死者的屍體被發現後，紅線收縮的時間頓時從以前只縮一下就放鬆，變成現在緊緊收縮十分鐘至半小時不等，而且時間更有繼續延長的趨勢⋯⋯我家明明就已經安了佛像和貼了黃符，為甚麼紅線還是會收縮？難道我那佛像是次貨？就算佛像是次貨，那老爸給我的黃符總不會是假的吧？

　　為了解決這個問題我再次打電話給老爸尋求解答。

「喂？」電話響了好一陣子後，老爸終於接起了電話。
「老爸！我都已經安了佛像和貼上你給的黃符了，為甚麼紅線還是在特定時間收縮啊？」

「佛像開光了嗎？」老爸簡單直接地問。

「嗯……不清楚，或許沒有吧？不過你給的黃符也沒有用啊！」

「欸？自己畫的符效果果然還是差點啊……」

「自己畫的？難怪我覺得上面字特別醜！不帶你這樣坑兒子的吧！！！」

「別再呱呱叫了，黃符不管用，我另外支你一招好了，這回保證見效！」

「喔噢噢！早點說不就好了嗎！」

「你鬧心不就是因為紅線每天收縮嗎？那你只要把它脫下就不會再有這煩惱了，啊，我夠鐘去打麻將了，拜拜！」說完後老爸就直接掛掉了電話。

淚眼盈眶的我拿著手機心中默道：「老爸……我真的是你親生的嗎？」

無奈的我躺在床上高舉起右手並凝望小指上的紅線，現在距離紅線收縮還差幾分鐘，也就是說一個看不見的靈體即將在我身邊出現並逗留一段時間。

原因，不知道；為甚麼這麼做，不知道。

雖然老爸讓我把紅線脫下，聽起來好像很無稽，但其實

也不無道理，反正它也沒有對我做甚麼，我又何苦一直戴着紅線提醒自己身邊有鬼呢？把紅線脫掉後再過幾天或許我就會把這件事給淡忘了。

於是我就把紅線解下，一不做二不休，更順手也將老爸那張自己畫的、醜得要命的黃符從床頭撕下揉成一團扔到垃圾筒裡，免得礙眼。

在一切完成後我回到軟綿綿的床上準備就寢，牆上的時鐘顯示已經 11 點 10 分了，甚麼事都沒有發生。果然把紅線脫掉也不會有甚麼影響，就在迷迷糊糊的我快要入睡之際⋯⋯

「好痛⋯⋯」一把飄渺的女聲傳入了我的耳中。

我聽罷驀然睜開眼睛想要看看是誰在講話，但⋯⋯此際身體卻好像不屬於我的樣子，不管我怎麼挪動手腳，它們就是不肯活動，感覺⋯⋯猶如被一塊千斤的巨石給壓得無法動彈。

「啊⋯⋯啊⋯⋯」全身上下就只有眼珠子能動的我，口中不斷嘗試想發出聲音，然而喉嚨此際卻像是被人用布條給強行堵住般，連慘叫都沒辦法。

我出盡全力想要活動，但冰冷的身體儼如剛死去的屍體般不再聽我指揮，不管我怎麼掙扎也好仍然無法從束縛中掙脫，此時一股陰冷突然開始順着右手慢慢地爬上了耳朵。

「幫我……」那把幽幽的女聲又講話了。

　　哇！！！我甚麼都不知道！我幫不了你的！！！

「求你了……我還會再來的……」

　　女聲說完後纏繞於身上的陰冷感開始慢慢消褪，手腳也逐漸回復活動能力後我就馬上坐了起來並緊張地察看四周。

　　房間裡明明就只有我一個……

　　說話的「人」……

　　到底是誰？

睛天娃娃

　　我確信昨夜的遭遇並非夢一場，而是確確實實的被那女鬼給壓了一回床，雖然她並沒有對我做甚麼。但之前紅線不管再怎麼收縮也不會這樣，我感到事情有惡化的跡象，於是在第二天早上我就再給那混帳老爸打了通電話。

　　在聽了一會兒接駁鈴聲後，電話終於被接起，不過聽電話的人並不是老爸，而是一把我熟悉到不行的女聲。

「喂！」對方的心情不太好的樣子。
「那個……母親大人，怎麼會是你來接電話呢？你不是應該還在外地公幹嗎？」

　　老媽一聽到是我的聲音後，語氣頓時變得溫柔多了：「哎喲，這不是仲佑的聲音嗎？媽媽有事要回來香港一趟，你最近生活怎麼了？錢夠用嗎？要不要媽媽匯一點到你銀行帳戶裡？」

「我……還好，媽，我有事想找我爸，他現在起床沒有？」
「你爸？」我一提到老爸，母親的態度馬上來了個一百八十度轉變：「你爸他已經死了！」

「啊?」我就知道每次老媽回來老爸都得死一次:「這回的死因是甚麼?」

「昨晚偷偷跑去打麻將被我發現了,現在正躺在床上動彈不得呢!」

嘿?沒想到我們父子倆居然都經歷了一個驚心動魄的晚上,當興沖沖正準備出門去打麻將的老爸在開門時發現老媽站在門口,他當時的驚嚇程度肯定不比我被鬼壓要弱⋯⋯

儘管母親不太想讓把電話讓給老爸,但在我再三請求後,她的態度終於軟化,過了一會後老爸終於拿起了電話。

「喂?」老爸的鼻音很重,看來鼻子沒有少受罪。

「老爸,你⋯⋯還好吧?」

「老子這回可是被你媽用降龍十八掌給毒打了一頓,屌,還好沒死。」

降龍⋯⋯十八掌?

在寒暄了幾句後,我把昨天被鬼壓床的事告訴他,然而他卻不以為然地說:「媽的,不就被壓一下而已?我還以為是多嚴重的事,你想想你爸我都被你媽壓了多少年了?還不一樣活得好好的?」

「可是那把女聲不斷向我求助，又說會回來找我甚麼的，我可不想跟它們扯上甚麼關係啊！」

「鬼向你求助？」隔着話筒的老爸突然沉默起來，過了一會他才說：「你記下這個地址，然後去找一個叫尚宗夏的男人，他⋯⋯他應該能幫你解決問題的。」

「欸？找別人？你不幫我啊？」

　　老爸突然裝着痛苦的樣子咳嗽了幾聲然後說自己被母親大人打成了重傷，現在沒有個三五七天恐怕是好不起來，所以對此他是愛莫能助。

　　唉⋯⋯我真的是他親生兒子嗎？

　　不過老爸跟我說了一件事讓我十分在意，如果他沒騙我的話，這名叫尚宗夏的男人實際上⋯⋯是張神算的徒弟。我雖然沒聽老爸提過張神算還有一個徒弟，但既然是他親自訓練出來的那不管怎麼樣總會比老爸要靠譜得多，於是我就朝他給我的地址進發了。

　　我按照地址來到了新界某個小村，我人生地不熟的只好問當地的居民認不認識這個叫尚宗夏的人，而他們好像對於外來的人都抱有懷疑以及不友善的態度，我問了半天都

沒問出個究竟。

不過好人還是有的，最後好不容易才有一個老頭說認識他，據聞他現居於一間天后廟裡，甚少見人。我聽到後大喜，心想皇天不負有心人，總算是被我找到有關他的線索了。

我抱着「這下終於有救了」的心態火速抵達了老頭所說的天后廟前，可當廟裡的環境映入眼中時，我的心馬上凌亂了，這廟不但又破又舊的，乍看下一副快要因日久失修而倒塌的樣子，前來參拜的人就更別提了，一個人影都沒有！

算了……小說裡經常會提到，隱世高人一般都愛待在這種鳥不生蛋，遠離繁囂的地方，於是我就鼓起勇氣邁步走進這如同廢墟般的天后廟中。結果發現，靠，供台上沒有香火，媽祖像不但掉漆而且還有蜘蛛網結了在她老人家頭上！細心一看更會發現地面成寸厚的灰塵中佈滿了雜亂的腳印！

看到這裡居然髒成這樣子，我心中那打掃清潔之魂莫名奇妙地被燃點起來，從小到大只要遇到凌亂的或者是不乾淨的地方，我總是像着了魔似的想拿起清潔用品去整理乾淨，不把地方整理好誓不罷休。

厲鬼壹陰宅

【仲佑篇】

記得老爸曾跟我講過，我小學的時候他帶我去茶餐廳吃飯，吃完後我說想要去趟洗手間，結果卻去了半個小時都沒有回來，老爸覺得納悶，心想是掉到馬桶裡不成？於是就起身去找我，結果他一把門推開就看到我在裡面拿着比自己個頭還要高的地拖拚了命的在拖地。

　　老爸當時一看就傻了眼，以為我被鬼迷心竅於是上前啪啪的就賞了我兩耳光，最後才發現我是因為受不了這洗手間太髒太臭才把旁邊清潔工的地拖給搶了過來自己弄。

　　但現在礙於還沒找到老爸讓我找的人，我還是先忍一忍手吧。

　　「請問，有人在嗎？」叫喊聲在廟裡回盪着。

　　沒有反應……我只好往更深處走去，在離開了大廳後我來到了一條走廊之上，在走廊側面是一個庭園，一座古樸氣色、長滿苔菁的巨大假山昂然矗立在庭中央，走廊盡頭處有一扇褐紅色的殘舊木門，此處地上灰塵較少而且還佈有些較新的鞋印，想必是不久前才留下來的。我沿着鞋印的蹤跡來到並推門而入，發現裡面是一間簡陋的起居室，除了床鋪、椅子和一堆垃圾外就別無他物。

　　我見此行毫無收獲就想打道回府，可沒想到一轉身就驚

然發覺門口處已多出一人。

「你在這裡幹甚麼!」那人一看到我後就大聲喝道。

　　聲音之大且突然，被嚇了一大跳的我驚慌道:「不⋯⋯不好意思，我是來找人的，請問你知道尚宗夏先生在哪裡嗎?」

「嗯?尚宗夏?你找他所謂何事?」
「我是想找他來我家幫忙驅靈的⋯⋯」

　　他得知後就慢慢地走了進來，那男人看起來是一個年約三十多歲，滿臉鬍鬚渣子，左眼不知為何戴上了一個黑色的眼罩，整個人都給予我一種很大叔的感覺。

「你白跑一趟了，現在我不會幫別人驅靈的了，請回。」大叔把手上提着的包袱放到椅子上說。

「這麼說來你就是尚宗夏?」
「不錯，請回。」他手朝門口一揮示意讓我離開。

　　好冷漠的一個人⋯⋯然而我並沒有因此放棄。

「等等!我爸說你是張神算的徒弟才從大老遠的地方來到

這的，為何你卻連聽也不聽就拒我於千里之外呢？」

　　大叔聽到「張神算」三字後，臉部肌肉明顯地抽搐了一下。

「居然知道我隱居在此……你爸到底是誰？」
「姓佐，名耀祖！」
「喔……是他啊……那傢伙居然還有兒子？」也許是習慣了一個人生活，大叔自顧自的喃喃細語，過了一會兒才說：「既然如此那我就更不能幫你了，抱歉。」

「欸？為甚麼？」

　　大叔流露出落寞的表情，他抓了抓亂似鳥窩的頭然後坐到椅子上。「我……已經多少年沒聽過別人提起師父了？既然你是佐耀祖的兒子，那我就告訴你原因吧。」

　　他閉上了自己原先的右眼陷入了沉思，過後他緩緩翹首向我道出了一個驚人的秘密：

「因為……師父是被我給害死的。」

　　我的腦袋一下子就嗡了：「被你害死？老爸明明是說因為出了事故他才死的啊？」

大叔淡然一笑並開始把玩手中的一塊玉佩，而那玉佩跟老爸給我的那塊是一式一樣的，這讓我更加確信眼前的這位大叔就是老爸讓我找的那個人。

「事故？沒錯，在旁人眼裡或許認為那是一場事故，是一場意外，但若不是因為我當時沒好好遵從師父的吩咐，好好留守在村子內，師父他……也許就不會因為要保護我而把命也丟了。所以我沒資格去幫人驅靈！你找錯人了！」大叔瞥了窗外一眼又道：「天色已晚，此處一但入黑就很難走回大道，請回吧。」

他口中所說的「那一次事故」中到底發生了甚麼事？

我費盡唇舌想讓大叔出山，但他就是默不作聲的坐在椅子上把玩玉佩，我都快把嘴皮子磨破，他仍然理都不理我。眼見如此，我只能作罷，心裡琢磨過兩天再來求他幫忙。

與他告別後我就灰溜溜的從廟裡離開了，走到半路時太陽已落西山，天邊更泛起了一片晚霞，動作再不快點恐怕還真的要天黑了。

這廟的位置其實也挺偏僻的，進來時首先得穿過一片樹林，然後再走一段山路才能抵達，來的時候是中午所以也沒甚麼感覺，可現在自己要在入黑的山路上行走，總讓人

心裡有多少毛毛的。

可惜我的腳程遠不及太陽下山的速度快，在穿越樹林期間天空經已黑透，我只好把智能手機打開當成手電筒來用。

漆黑的樹林中，除了偶而傳來一陣不知名的動物叫聲外基本上就是死寂一片，背後更在不知何時開始有一種被人尾隨的感覺，我走快時那「人」也走得快，我放慢腳步時那「人」也把步速減慢下來。

「天黑莫回頭，背後不是人。」

老爸跟我講的這一句始終在耳邊迴盪着，我只顧往一直前走，一點也不敢回頭去看是誰跟蹤我……因為我總害怕自己一轉身就會發現有一隻面目猙獰的女鬼在對着我笑。

由於心裡總想着擺脫尾隨的東西，以致在不知不覺間偏離正道並走進了茂密的樹林中，到我察覺到時人已迷失於樹海當中，更要命的是手機螢幕顯示電池的電量只剩下不到百分之十，用不了多久手機就會因為沒電而自動關機，到時候我將會失去這樹林中唯一的光源。

為了趕在手機沒電前離開樹林，我只能撒腿小跑起來，與此同時身後的那個「人」跟得更貼了，雖然一路上沒消

停過但我仍然沒能從樹林中走出，後而因此誤闖更深入的區域，這時，手機螢幕也顯示只剩下不到百分之五的電量。

可惡……該怎麼辦才好？保持冷靜……保持冷靜，跑得乏力的我來到一株大榕樹下想要緩口氣。沒想到我的手一觸及樹身，一件不明物體就「咚」的一聲從樹上掉下來，冷不丁被嚇了一下的我心臟差點沒從嗓子眼裡蹦出來。

我緊張兮兮地舉起手中的手機照向掉落物，原先我還以為是甚麼果實之類的東西，結果在燈光映照下出現的居然是一個晴天娃娃！

晴天娃娃就是常於日本動畫片裡出現的那種，用手帕包着一個圓球用繩子束起，最後再在圓團上畫上笑臉。

為甚麼在這種荒野之地會有晴天娃娃？而且每一個娃娃上的臉都畫的歪歪扭扭，駭人的笑容望上去直叫人心寒，我用電話順着樹幹往上一照了才赫然發覺原來整棵樹的樹枝上都掛滿了這怪玩意！

是有人為了祈求晴天才特意跑來這裡掛上的嗎？正當我想要彎腰將掉下來的晴天娃娃給撿起來時，背後又冷不防傳來一聲：「別碰！！」

「哇！！！！！」這回我直接被嚇至慘叫，連老爸的叮囑「莫回頭」也被扔到九天之外。

「大叔？」

「那不是普通的晴天娃娃，碰不得！」大叔提着小電筒站在我後方：「你看到的或許是一個個晴天娃娃，但我看到的卻是一個個被吊死在樹上的和尚！」

　　我聽到後急忙從那棵掛滿晴天娃娃的大樹下離開竄到大叔身後。

「燈在手，跟我走。」大叔朝我喊了這麼一句後又小聲的罵了一句：「還不趕緊給我過來！」

陰陽眼

不敢怠慢的我在來到大叔身邊後就發現他的樣子跟中午時見到的有點不一樣。

打量了一會兒我才意識到他把左眼上的眼罩給解下了，原來他的左眼非但不是瞎的而且虹膜的顏色還跟右眼的不一樣，於這陰暗的環境下還會發出幽暗的藍光。

正當我想問他打探有關那隻異色瞳的事時，大叔已經從口袋裡掏出了一塊玉佩強行塞到我手上。

「聽着，把玉佩掛上，別回頭，別說話，直到我告訴你可以講話為止。」說完後他就提着手電筒往回走了。

而我也別無選擇，只能乖乖地遵從他的吩咐把玉佩掛到脖子上，既然他都讓我別說話了，一路上縱使我有千萬個問題想問也只能閉上嘴巴默默地在他背後跟着。

大叔熟練地在樹林裡左穿右插，熟練得猶如在自家花園遊走似的，看來要從此地離開對他來說並非甚麼難事。起初我以為他是想要帶我出去大路好讓我坐車回家，但沒想到我們這麼一路走着居然又回到了他住的那間天后廟前。

「今晚你就這屈就一晚上吧。」

「啊？住這？這破廟？」

　　他用左眼瞄了我身後一下又說：「你若是想回家也並非不可，只不過你身後那群『好兄弟』恐怕也會跟着你回去。」

「好……好兄弟？難道是指……慢着……不是一隻，是一群？而且就在我背後？」腦海裡冒出太多問題，害我一時間處理不過。

「要不要住隨你，反正這裡的話它們是進不來。」說完後他就掉下我往大廳走去了。

　　家裡「疑似」有一隻我都受不了，媽的！要是再來幾隻，那我每天睡覺豈不是就跟玩美式足球一樣？萬萬不可！我權量輕重後就緊隨大叔背後走進廟裡。

　　這地方破舊成這樣一看就知道不會有電接過來，所以廟裡到了晚上後主要都是靠點蠟燭來照明的，雖說媽祖是保佑我們這些凡人的神仙，但是祂的像在被搖晃不斷的燭光照耀下顯得相當詭異，不敢多作逗留太久的我於是加快腳步往偏廳走去。

　　甫踏入，一陣煤油味就撲鼻而來，正當我納悶着是怎麼一回事時就發現大叔在一老舊的木桌上用舊式的火水爐在

炒菜，他左眼的眼罩已經重新戴上。而另一個火水爐上則放了一個沙鍋在上面，鍋裡不停有蒸氣湧出把鍋蓋頂得一開一合，甘濃的飯香即使混雜在濃烈的煤油味中仍能隱約地嗅到。

人家說沙鍋煮飯特別香，果然不是蓋的！此時大叔問我餓了麼？而我的肚子恰如其當地雷聲大作，他莞爾一笑並讓我坐到飯桌旁。

「我還沒謝謝你剛剛幫我了一把呢。」我坐在一張看似快要被蟲蛀壞的椅子上說。

「你是師父熟人的兒子，儘管我不打算幫你驅靈，但我也不會眼白白看着你在樹林裡丟了命，不然我下去時師父一定會怪罪於我。當時我剛剛把米煮上，望向窗邊時才發現天已經黑了，你們這些外地人百分之九十都會在裡面迷路，想到這後我就急忙跑出來找你了，沒想到你居然跑到那棵榕樹下。真是的……淨會給我添麻煩。」大叔拿着鑊鏟熟練地炒着菜。

這麼說來……一直跟在我背後的人其實就是大叔他咯？

一直在鍋裡翻翻炒炒的他在過了沒久後就把一盤香噴噴的麻婆豆腐置於我面前，接下來他又是盛飯拿又是拿筷子的讓我感到怪不好意思。

「吃吧，我也好久沒跟過活人吃飯了，來嚐嚐我的手藝如何。」他高興地讓我起筷。

「難不成你有在跟死人吃飯？」我訝異地問。
「死人吃香就得了，起筷！」

我也確實是餓了，所以也不跟他客氣，抓起飯碗就猛往嘴裡扒飯夾菜，大叔在目睹我這食相後也樂了：「慢慢吃沒人會跟你搶，飯不夠鍋裡還有。」

也許是因為自己長年一個人住習慣了做飯，大叔做菜的手藝確實很好，那道麻婆豆腐辣得來不嗆，入口又香，肉末跟豆腐的比例也剛剛好，用來下飯簡直就是一流！在吃了三大碗白米飯後我靠在椅背上滿足地打了個飽嗝。

而吃完後我就問大叔榕樹上掛着的晴天娃娃到底是怎麼一回事，大叔給我沏了茶後就把當中的因由向我娓娓道來。

「那裡不是你該去的地方，你也許不知道在日軍佔領時期在這天后廟的附近曾經有一間佛寺，裡面住了十來個過着清苦日子的和尚。後來不知道是誰在瞎說，居然傳出了佛寺底下埋藏着前清遺留的財寶這謠言，財迷心竅的日本鬼子在得知後馬上就派了整整一個營的人來挖，一副『空穴來風，未必無因。財不到手，誓不罷休。』的架勢。佛寺

的住持早就對日軍的惡行有所耳聞，如果佛寺下真的藏有財寶而且還被日軍挖走的話，那他可對不住那些死於日本軍槍炮下的老百姓。

於是他跟寺裡勇敢的僧人準備跟日軍來個魚死網破，在日軍抵達時馬上投降並積極配合，趁他們所有人在寺中大舉挖掘時一把火將他們連同佛寺一起燒了。日軍發現自己派去佛寺的人居然一去不回，得知是和尚幹的好事後就下令，逢但凡光頭的人一律抓起，通通縊死並掛在樹上以儆效尤。

那次死的人可多了，而樹林亦因為陰氣積聚所以鬧起鬼來，可是這樹林偏偏就是前往天后廟的必經之路，百姓怕鬼不敢進樹林，香火所以也就在那時候斷了。後來曾經有同行來過這裡除靈，但是靈體數目實在太多，他能做的僅僅是將它們渡向樹林深處一株榕樹當中進行封印，並掛上很多晴天娃娃來作記認，讓活人見到後馬上迴避，要知道晴天娃娃也是光頭的，指的就是那年那些枉死者了。」

「可是……那些晴天娃娃明明很新淨啊？看上去不像有那麼久的歷史。」
「舊的早已爛掉，新的是我掛上去的。」

雖然大叔給我的第一印象是一個冷漠的人，不過經過了

解過後我發現其實他還是挺熱心腸的。如今他話匣子已被打開，說不定問出當年他跟張神算發生了甚麼事，導致如今不肯再幫人驅靈，以及他那異樣的左眼是怎麼一回事。

「對了，你的左眼到底是？」
「這個嗎？」大叔用粗糙的手指指着眼罩說：「你認為這是甚麼？」
「虹膜異色症……嗎？」

所謂的虹膜異色症就是指左右眼睛的虹膜各自呈現出兩種不同的顏色，不過大叔會單純因為顏色不同而把眼睛給遮擋起來嗎？這箇中必然有其他原因。

大叔又是點頭後又是搖首：「只答對一半。對了，你見過鬼嗎？」

我聳了聳肩，活了這麼多年，我確實連鬼影都沒見過，當然沒必要我也不希望跟它們扯上甚麼關係。

「那你算是個幸福的人，因為你仍有選擇的餘地。」他邊摘下眼罩邊道：「而我……卻是一個天生的陰陽眼，打從出生就注定要跟各種妖魔鬼怪打交道。」他那隻發着幽光的藍色眼睛正以哀傷的眼神凝望着我。

沒想到……他就是老爸口中所提過的天生陰陽眼。

繼承者

大叔給我沏了杯茶後就徐徐道出自己的過去。

還記得當年我出生時家裡人都非常高興，特別是我娘，因為在生我之前她已經意外流產了幾次，大夫曾說過她再度懷孕的機率很低，就算懷上了流產的機會亦比其他的孕婦要高上不少，所以我的誕生對家人來說簡直就是個奇蹟，是上天賜給他們的禮物。

但是也有人說我在這種情況也能安然出生，那是因為我的命比常人來得要硬，擁有此股命格的人往往會把自己至親給剋死。一個人的日干五行比較強的話，那麼他其他的四種五行也必然較弱，而這對他身邊的親人來是不利的。

一般來說命硬的人自己會長命百歲，而周遭的人的命普遍都很短，所以你不難發現一些老人身邊的親人全死光了，而自己仍像一株松柏般健壯，獨自一人孤伶伶地活着，這就是典型命硬的例子。

他的意思也無非想說我六親緣薄，是個喪門星，讓父親早點把我送走，否則可能會讓自家人遭遇不幸。

起初我的家人並沒有把這話放在心上，畢竟懷了這麼多胎終於得了個男丁，繼後香燈的人總算是有了，所以他們還是高高興興地設宴請客來慶祝我的出生。

　　直到在我開眼後，家人發現我兩隻眼睛顏色是左右不一時，怪事就開始出現了，家裡的牲口總是無緣無故的暴死，而父親的生意也突然一落千丈，這一連串的事件讓他們覺得我的存在真的會對自家人有不利的影響，儘管我出生後沒多久就遭人冷落，但這一點都無損娘親對我的愛，每當父親因為生意不好而遷怒於我時，我娘都會將我緊抱入懷，不讓父親無情的棒子打在我身上。

　　到了始齔之年，我發現自己時而看到一些常人看不到的東西，而它們的模樣通常都不怎麼好，比如說當年隔壁的老李死了，但我還是常常會在晚上看到他一臉蒼白的在村子裡遊盪。我不敢跟父親講，因為怕他罵我胡說八道而挨打，所以我只能跟娘偷偷提起這事，而她一聽就嚇得用手搗住我的嘴不讓繼續我講下去。

　　後來她說我是天生擁有陰陽眼的人，全因是得到外婆的遺傳才會這樣，因為外婆也是一名天生異色雙瞳能夠看見逝者的人。娘讓我別跟其他人說自己能看到鬼的事，因為當時村裡人都相信擁有陰陽眼的人都會為其他人帶來不幸，要是讓別人知道我有陰陽眼，他們非把我趕出村子不可。

厲鬼

陰宅

【仲佑篇】

在十歲那年，父親在辦貨時遇到強盜，貨不但被搶，人也因反抗而被殺了，而且還沒能留個全屍。家裡環境原本已經不怎麼好，在作為家中頂樑柱的父親死後，立馬就變得更差了，我的叔叔突然想起有人說過我命硬會將親人剋死，旋即就聯想到我父親就是第一個受害者。於是他就令我娘趕緊將我送走，不然其他人早晚要被我給害死。

我娘自然不依，說遇上強盜怎麼可以扯到我身上？於是斷然拒絕了他，而我叔叔也拿她沒轍，只能就此作罷。不過他不知道從哪得知我天生擁有陰陽眼一事，就開始在村中散播消息，恰逢當年收成不好，所以村裡有氣無處發的人就找上門來了，他們說這一切都是我這不祥人的錯，今天他就把話擱這兒了，讓我趕緊滾蛋否則休怪大伙兒不客氣。

我娘不服於是就跟他們理論起來，但農村的大老粗怎麼會講理？結果他們愈講愈激動，到後來更動手打人，一隻腳不但被打斷了，左眼更因被人用棍傷而起了個大膿包，有好幾年都沒法正常看東西。而我娘則因為用身體護着我，身上有多處都被打至骨折。

村子是沒法待下去了，我娘不顧身上的傷勢帶着我連夜跑了出來，那時下着大雨，身負重傷的娘背着我吃力地在雨中蹣跚而行。

「娘，我不懂，為甚麼大家都討厭我……」

「沒事的，宗夏，別氣餒，這裡不留咱，咱就換個別的地方住，人活着總會碰到不如意的事，只要夠堅強的話總能挺過去的。」

那一刻，我很疼，不是因為腳，也不是因為左眼，而是母親負傷的身影映入眼中，她故作堅強的模樣讓我這當兒子的很是心疼。

儘管我們兩人都被趕出村子，但她仍然毫無怨言地對我不離不棄，當時是個令人寒心的雨夜，娘背着腳傷未癒的我來到一棵古樹下避雨休息，但是雨卻愈下愈大，到了半夜時分更冷不防的發起大水來，娘見水勢洶湧就急忙將我往樹上推，而我因為樹身太滑而爬了好長時間都沒爬上，有好幾次更差點因為滑腳而掉下。當我成功爬上樹時，水位已經漲得比娘的胸口還要高。

在娘準備爬上來的時候，天空驀然炸出一個響雷，雨勢不但加大，水流的速度也突然變急，娘的手一時沒捉緊而被沖離了樹幹，我急忙伸出手把娘給抓住了。

「娘！別撒手！宗夏這就拉你過來。」拚盡全力的我一手抱着樹枝，一手死命抓住娘的手不放。

可我一個十歲小孩要在這水流裡抓住一個同齡的小孩都不容易了，更何況是一個大人？

　　此時水流再度加快，我弱小的身體漸漸不支，娘知道自己是活不成了，如果我再抓住她不放可能連自己都要掉到水裡。

　　這時她作出了一個抉擇。

　　她……用另一隻手將我的手指一根根扳開，我見狀驚慌地問：「娘你這是怎麼了！別啊！」

「宗夏……你要好好活下去，不管將來遇到甚麼，你也要好好活下去，這樣娘就心足了。」
「別啊！再支持一下就沒事了，娘，別撒手啊！」

　　娘不管我，她用力抓住了我的拇指：「宗夏……吾兒啊！你要連同娘的份好好活下去！」說完她就把用力扳開我的拇指，這下過後我再無力氣抓住娘的手。

「娘！！！！！！！」娘親那瘦小的身影在轉瞬間就被激流所吞噬。

　　而我就則只能在樹上眼巴巴望著娘親被無情的水流帶

走，在雨停水退後，仍抱有希望的我哭着從樹上爬下了並四處尋找着娘的蹤影，因為娘說不定能抓住別的樹而逃過一劫。結果……我卻在一株古樹下尋到了娘渾身濕透的屍體。

她耷拉着頭，背靠在樹幹上，手裡緊攥着為我所繡的手帕。

娘……被我剋死了。

我抱着娘冰冷的屍體跪在樹下嚎啕大哭，唯一對我不離不棄的親人如今亦離我而去，茫然的我不知道自己未來的路該怎麼走。

我挖了個坑，把娘葬在古樹下，以樹為碑。為了再見娘一面我一直守了在她的墓旁，渴了就嚼樹葉，餓了就吃從家裡帶出來的乾糧，不過我的左眼卻因為沒有得到治療而發炎化膿，娘死後第四天眼皮子已腫得阻礙視線，我疼得難受時只能用手輕揉來緩減痛楚，就這樣我捱過了七天。

第七天晚上是我最期待的時刻，因為當晚是娘的回魂夜，而我能藉着這不祥之眼再一次看到娘親。我生平第一次因自己擁有這雙眼睛而感到高興。然而……命運總是想跟我作對的樣子，那一夜我苦苦守候了一整晚，娘還是沒

有出現。

　　我以為娘不要我了，所以連在回魂夜都不願回來瞧我一眼，眼睛的傷勢惡化再加上這一打擊使我眼前頓時一黑，暈倒在娘的墓前。而這一暈不知道暈了多久，不過待我醒來時，身上已被蓋上了一條毛氈，旁邊更多了一個男人，坐在火堆前的他不斷往火裡添柴。

　　那人見我醒來就笑着問：「孩子，你還好吧？」

　　我疑惑地頷首後他就作起自我介紹來了，他說自己姓張，在路過此地前往別的村子時見我暈倒在古樹下於是就出手相助了。而我當時仍處於沒有見到娘的靈魂的失落感中，他彷彿能看穿我的心思似地說：「你娘先走一步了，臨走前她將你托付於我，讓我好好照看你。」

　　我吃驚地呆望着他，心裡想着娘是在甚麼時候認識了這麼一個人。而他則繼續給我解說道：「你娘其實剛剛才走了沒多久，她說回來後看到你還待在這裡，很是擔心。我怕你着涼所以就生了個火順手再幫你蓋上毛氈。」

「娘……回來過？」
「對，她還讓我告訴你不用惦記她，她現在去她該去的地方了。」

「等等……先生你是怎麼知道我娘回來過的？」

他莞爾一笑望着我說：「因為我跟你一樣，都能看到它們。」

原來，世上還是有跟我一樣能看到鬼魂的存在，但我不懂為甚麼我就沒看到娘的靈魂呢？

後來他給我解釋說我正常的那隻眼屬陽，是用來看這陽間的事，而另一隻屬陰的則可以看到陰間之物，只不過現在被膿包遮擋了沒法正常運作，所以我才錯過見到娘的機會。

在休息過後他從包袱中取出了香燭讓我拜祭娘親，在結束後我就決定跟他一起走了，臨走前我在墳頭跟我娘聊了一會兒，讓她以後不用再擔心我，我會自己照顧好自己的。

過後我就依依不捨的跟隨着張先生離開樹林，後來我在別人口中得知他是一名挺有名氣的道人，人稱張神算，我得悉後就走到他的跟前下跪說想拜他為師，而師父他想也不想就答應了，他說因為我天生就有陰陽眼，注定是吃這行飯的人，而他現在門下也別無弟子，所以很樂意接受我當徒弟。

人說當師父的總會給自己留一手，怕教會徒弟沒師父，但師父他並沒有這樣，而且還把自己畢生所學的東西全都傾囊相授，毫不吝嗇，叫我很是感動。而我眼睛的傷患更是歷時多年，花了他許多錢才治好。

　　講到這裡，大叔嘆了口氣。

「師父對我來講就是一個大恩人，在往後的日子裡就如同父親般照顧着我。可我呢？非但沒有好好報恩，他的死更跟我有直接的關係，或許那些人說的對，我就是一個不祥之人，注定會把自己身邊人給剋死。」

「那個……當年到底發生甚麼事了？」我怕勾起大叔的傷心回憶，所以以試探的語氣問道。

　　大叔懊悔地闔上眼睛：「那一年湘西某處鬧殭屍了，而我為了證明自己已經獨當一面，沒聽師父的話，擅自跑去除殭結果卻陷入了苦戰，師父雖然及時趕到救下了我，可他卻在救我時被殭屍咬到中了屍毒，逝世了。」

　　大叔看來很失落的樣子……

「我這才發現自己根本未成氣候，而就因為我想證明自己

卻害師父白白的賠上性命。你說像我這樣的人有資格幫人除靈嗎？在那以後我就決定隱居離開了內地來到香港，一是懲罰自己的愚蠢，二是不想再有人被我給剋死。」

雖然老爸一向給我的感覺是吊兒啷噹，做事不經大腦的，但這一次我覺得他讓我來找大叔幫忙一定是有他的原因。

大叔恐怕就是張神算唯一的傳人，如果他就這樣永遠待在這廟裡不出去豈不是浪費了張神算多年來的栽培？

「尚大哥，我覺得你不該再躲在這裡隱居了。你覺得這樣子對得起張先生教你的一身本領嗎？」
「我不是跟你講過我根本沒資格去幫人驅靈嗎？」大叔抬頭道。

「你當年只是因年少氣盛而犯下錯誤罷了，經過這麼多年的隱居日子如果你都沒有思想上的沉澱，那麼我覺得你這些日子都白過了，你的自我懲罰一點用處都沒有。」

「你……」大叔被我說得一時語塞。
「你就那麼希望空有一身本領嗎？你就那麼希望把張神算的心血白白虛耗在這種鳥不生蛋的地方？你剛剛來救我的時候口口聲聲說怕下去對不起張神算，而你覺得現在所做的一切就很對得起他？」

「你⋯⋯我⋯⋯」

「我說得有錯嗎!?」

　　此時他閉上眼睛沉默下來,過了一會兒後他才開口說:「沒錯⋯⋯你說的一點錯都沒有,我就是如此矛盾。」

　　看來我的質問奏效了,現在大叔處於一個很迷惘的狀態,一方面覺得自己害死張神算所以沒資格去驅靈,而另一方面又比任何人都希望去證明自己的能力,這樣才不丟自己師父的臉。

「離開這裡吧,外面的世界需要用到你的能力,只有把張神算教你的本領發揚光大,你才能彌補以前所犯下的錯誤,才能對得起為救你而死的張先生!」

　　看到大叔現在激動的樣子,我知道我這番演講成功了。

「哼哼,你這小子⋯⋯我還真的講不過你啊!」大叔笑道。

天黑黑賞回頭

鬼屋
壹
陰宅

【仲佑篇】

地縛靈

在我費盡唇舌後，第二天大叔終於肯離開破廟來我家看看，臨走之前我跟他把這廟從裡到外都好好打掃了一番，雖然知道沒人打理，一段時間後又會回復原狀，但畢竟大叔他在這裡住了很長一段時間，重修破廟怕是不可能了，但他能做到的就只有把它整理乾淨才離開。

大叔將自己的東西都裝進了一個破舊的大背包後就在我得陪同下離開了破廟，在半路上大叔表現得有點心神恍惚，恐怕是不知道出來後該幹甚麼才好，我就讓他別老是想着回去，如果在完事後他沒找到地方住的話，索性在我家暫時住着也行，反正我那有空房間多出來。

大叔想了想後覺得也是，就決定先在我那暫住一段時間，待以後再作打算。

從新界回到我家也需要一段時間，我就趁這空檔將我遇到的狀況包括鬼壓床以及紅線每到十一點就收縮的事全都向大叔告之。

大叔聽罷有點疑惑地望着我道：「每逢子時紅線就會收縮？」

「子時？」

　　他告訴我在古時計算時間不是以小時作單位的，當時一天被劃分為十二個時辰，而每個時辰相當於現在的兩個小時，分別是子、丑、寅、卯、辰、巳、午、未、申、酉、戌、亥。

　　而十二時辰裡排行第一的就是子時，指的是晚上十一點去到凌晨一點這段時候，由於這時間段是處於日子的交替和完全沒有陽光、萬物休息的狀態，所以陰氣極盛。而跟子時相對的時辰是午時，因為太陽就在頂上所以是一天陽氣最盛的時辰，以前在處決犯人都會特意選在午時行刑，從而避免犯人化成厲鬼找劊子手報仇。

　　如果說殺人還要挑時間的話千萬不能選於子時行凶，否則死者定必化作冤魂纏身。

「不過按道理來講那冤魂不應該來找你而是纏住兇手才對啊？奇怪……你讓我細想一下。」

　　而我也回想女死者出事那天的情況，我在後樓梯碰見的男人應該就是兇手無誤，起初有血滴在地上讓我以為是他受了傷想趕著去醫院，但以「女死者喉嚨被兇手用刀割開導致大量出血至死」的情況來推測，那滴血當屬女死者而

不是兇手才對。

　　而我卻手多多的把它給擦掉了……

　　我把這件事也告訴大叔，可是他馬上搖首道：「你擦了
血從某個層面來講的確是使你與女鬼之間建立了聯繫，可
你有沒有想過為甚麼她不去找兇手報仇而來向你求助？」

「這我倒是沒有想過。」我搔首道。
「按常理來說，女鬼死於陰氣極盛的子時，她的陰魂定必
會追着兇手不放直到報仇成功為止，然而她卻有仇不報反
而纏上了擦血的你……啊！」大叔像是想到甚麼似的一拍
腦袋道：「怕是兇手做了『某些事情』讓女鬼無法報復！」

「慢着，你的意思是……」
「那女鬼不是不去找兇手！而是她只能來找你！那兇手肯
定也是個通曉陰陽之道的人！」

　　我聽到後手臂上的雞皮疙瘩都豎了起來……這怎麼跟
狗蛋回魂夜那晚無法纏上張神算而纏上老爸那事如此相
似？莫非……這件事沒有我想像中那麼簡單？

　　不過現在回想起來紅線是 11 點 08 分收縮的，而我於後
樓梯遇見兇手則差不多是十二點左右的事，這段時間他到

底在現場幹甚麼？清理？可是他連自己身上的血跡都沒有清理好，難道真如大叔所說，他做了甚麼事情讓女死者無法報仇？

「這只是我個人的推測而已，還是得親自查看一下才能下定論。」大叔摩挲着鬍渣說。

「等等……你口中所說的親自查看是指？」
「那自然是去一趟兇案現場啊！」
「雖然那裡已被警方解封，可你沒有鎖匙又怎麼進去？爬窗嗎？」

　　說到爬窗老爸遊繩而下的模樣突然淨現了在我腦海了，不行……我家可是在八樓啊！掉下去可是要出人命的！

「不，方法還是有的，不過可能要麻煩你就是了。」
「啊？」

　　沒想到回到家後我被委派的第一個任務就是上網去調查有關兇案單位的業主資料，結果發現單位並非屬於女死者，她只是一個租客而已。於是我從網上抄下了業主的聯絡方法然後交給了大叔。

　　大叔用我的手機聯繫上業主說他願意免費去兇案單位

幫女死者超渡，而那業主正因為單位才剛買來沒多久就死了人而發愁，一聽到有人肯幫忙超渡馬上答應了，反正是免費的，他也沒虧。

大叔掛掉電話後笑道：「看，這不就得了。」

而我亦大叔的做法感到敬佩不已，如果是老爸的話肯定不是叫我爬窗就是爆門進去，甚至有可能愛理不理的叫我跟女鬼好好相處。

在電話裡大叔讓業主明天中午帶上鎖匙來我們的單位碰面，而此時我看了看牆上的時鐘才發現已經八點了，昨天晚上吃過飯後直到現在我們都沒吃過甚麼，而距離十一點還有一小段時間，於是我就帶着大叔吃飯去了。

我家樓下剛開了一家新的日式自助烤肉店，每個人只要一百多塊錢就能吃肉吃到飽，價錢相當實惠。我們從大老遠就能聞到有股烤肉味從店內傳出，這讓早已餓得不行的我們恨不得直接衝進去開吃。

「對了，這事完了以後，尚大哥你有甚麼打算？」嘴裡塞滿牛肉的我口齒不清地說。
「嗯……可能是找個廟擺攤幫人算命先做着吧。」
「欸？這豈不是有點大材小用嗎？」

「我在香港沒甚麼人脈，只能先這樣做做看了。」大叔夾了塊剛烤好的牛肉放到我的碗裡。

我自己就覺得大叔的能力是不應該浪費在擺攤上……可一時間我也沒想到有甚麼更好的工作可以介紹給他。想到這時，手機突然響了起來，又是那些網店發來的煩人廣告……害我還以為收到訊息了。

等等……網店？對了！可以在網上幫他成立一家專門幫人做法事，驅邪之類的網店啊！反正擺攤和開網店是可以同時進行的，各不耽誤，而且還增加了找到工作的機率。我高興地把自己的想法告訴給大叔，他聽完後雖然是感到有興趣，但卻面有難色。他說自己對現在的科技產品不太在行，要他運營一家虛擬店鋪可能有點難度。

我笑道：「這方面你倒不必擔心，這玩意兒只要接觸多任誰也能很快搞明白的。更何況還有我在呢！開始時我會幫你照看直到你完全熟悉為止。」

大叔見我如此熱心也不好拒絕，就笑着頷首表示讓我放手去幹，待以後拿到了酬金肯定少不了我那份。

飯後回到家時已經快要十一點了，女鬼怕是又要出現，我跟大叔商量了一會後決定讓他獨自會會那女鬼，瞧瞧她

到底在打甚麼主意。

　　大叔先是在我的房間前綁了一條紅線然後又在裡面點了一炷香，他說這是用來把女鬼引到房間裡用的，接着他就關上門等待着女鬼的來臨。而我則坐在客廳裡等待着他完事，我閒着無事幹於是再次往左手小指上綁了紅線，好讓我也知道女鬼到底來了沒有。

　　在時鐘到達 11 點 08 分時，紅線果然準時地收縮了，房子裡的燈在不斷閃爍同時亦刮起了一陣陰風，直往房間吹去。我雖然看不見，但心裡很清楚那是女鬼被香給吸引了過去所致。在燈光回復正常後，我的房間裡傳出了大叔的講話聲，由於是隔着一道門的關係我沒能聽清楚他在說甚麼，不過裡頭由始到終都只有大叔一把聲音而已。

　　過了接近半個小時後，大叔才將房門打開，我急忙衝上前問：「怎麼樣？你把那女鬼收了麼？」

　　大叔搖了搖頭。

「她沒有想加害任何人的意思，只是迫於無奈才來這裡找你求助，所以我也不打算把她收掉。」

「啊？那她還會不會再來這找我。」

「現在她的魂魄被兇手用特殊的陣法困於其中，讓她既不能找他報仇亦不能往生，只能待在死亡地點成了地縛靈。」

地縛靈？

【仲佑篇】

解縛

大叔見我一臉迷惑於是就給我解釋何謂地縛靈。

所謂的地縛靈其實是指一些死後被束縛在某個地界的靈體，地界可以是土地也可以是建築物，而地縛靈大多數是因為生前有心事未了，所以死後不能升天而困於地界當中，它們會一直留守直到自己的心願完成才會解開束縛離開。

一般來說，地縛靈是無害的，它們只是一種渴望完成自己的心事的靈體，所以我們這一行是不會無緣無故去驅趕它們，除非它是對人類是抱有殺意，想把所有進入地界的人全都殺掉，並吞噬他們靈魂來強化自己，不過此類惡靈般的地縛靈甚少存在。

其實人跟地縛靈共存的情況很常見，有養過狗或者貓的人也許會有這樣的經驗，家中的狗老是朝空無一人的地方不斷吠叫，而貓則是老盯着某個地方來看久久不轉移視線。這是因為動物的眼界比較低可以看到人類看不見的東西，而地縛靈出現時，狗出於保衞自己家園的本能，看到有「人」突然出現就會不斷吠叫來引起主人注意，但是牠們沒想過自己的主人是沒法看到牠們眼中所見之物，所以

往往會惹來主人一頓臭罵讓牠們住口。

　　而貓就簡單多了，牠們雖然充滿好奇心但同時亦對任何事情都愛理不理的，只是家裡忽然間冒出了一個以前沒見過的「人」，感到好奇才會盯着那地方來看。

　　當然，這也是一般的情況而已，如果以上的情況老是在家中出現，那就可能需要注意了，因為那也許不是地縛靈，而是喜歡躲在你背後的……凶靈。

　　而女鬼的情況有點不一樣，大叔說從她身上感受不到絲毫怨氣，按理說像她這樣被人殺害的鬼魂通常都會充滿怨氣才對，可是她非但沒有而且更憂心地跟大叔詢問兇手現在是否安好。看來女鬼雖被兇手殺害但仍然深愛着他。

「真是怪哉，恐怕是兇手身前對她下了甚麼蠱或是他往自己身上施了甚麼魅術，才會讓她變成這樣。」
「你是說她連靈魂都被迷惑了嗎？」
「嗯。」大叔點了點頭：「比起收服她，我更希望的是拯救這位姑娘的靈魂。」

　　聽起來她的確是挺可憐的，不但是被自己深愛的人殺害，而且就連靈魂在死後仍被某種力量囚禁着。那兇手真是豬狗不如的人，要再被我遇上他肯定得狠狠揍他一頓

才行。

「她暫時是走了，一切待明天單位業主把鎖匙拿來再說，我有點累了，想先去休息。」大叔伸着懶腰打了個呵欠說。

「嗯，好的。」被他這麼一說，睡意馬上隨之湧上，我也該是時候去休息了。

等到明天，就跟大叔一起將女孩的靈魂從兇手的魔掌中解放出來。

晚上我睡得十分安穩也沒有被那女鬼給騷擾，這全賴大叔他的幫忙，第二天起床時，我發現床頭處被貼上了一道黃符，應該是大叔怕女鬼突然又跑回來所以才貼上去的吧？這回可是貨真價實的黃符，不像老爸他用自己亂畫的符來坑我……

到了中午時分，門鈴被人按響了，想必是樓上單位的業主來了，我跑去開門後見到一名約莫四十來歲，頭頂稀疏、身穿白色襯衫的中年發福男人正拿着手帕拭擦腦門上的汗。

他眯起眼睛隔着鐵閘帶點疑惑地問我：「您就是……尚師傅？」

我得知是來找大叔的就別過頭朝屋裡大喊：「尚大哥，有人找你。」說罷我就打開鐵閘讓中年男人進來。「好，知道了，你讓他在客廳稍等一下，我馬上就出來。」大叔在洗手間裡喊道。

大叔他已在洗手間裡待了很長時間，到底在搞甚麼？

中年男人在知道我不是尚大叔後臉上的表情就緩和多了，他說：「喲，嚇死我了，才想着尚師傅怎麼這麼年青，該不會是我按錯門鈴了吧？」

雖對中年男人狗眼看人低的行為略感不滿，但我還是把他請進客廳裡坐下，當滿身大汗的他坐到我的真皮沙發上時，我的心裡很不是滋味，暗自盤算待他走了一定要用消毒藥水把沙發給擦一遍。

大叔過了一會兒終於出來了，我第一眼看到他時就驚呆了，因為他彷彿變了第二個人似，不但眼罩換了一個新的，臉上的鬍渣全然不見，下巴被刮得乾乾淨淨，頭髮亦梳得整整齊齊，身上也換了一套乾淨的衣服，如今他給人一種十分穩重可靠的感覺。

「尚大哥你……」我嘴巴張得大大的說。

他走過我身邊時在我耳邊細語道：「人靠衣裝，學着點吧。」

大叔見到中年男人後就走了過去跟他握手道：「蔡先生是吧？我就是昨天跟你通電話的那個人。」

蔡先生看到後高興地握緊了大叔的手：「尚師傅，這回你可真的要幫幫我啊！這房子剛買回來就死了人，要是鬧鬼了叫我以後還怎麼租，怎麼轉手？」

「甚麼『要是』……分明已經鬧鬼了。」我聽到後不自覺地插了把嘴。

「啊？」蔡先生張大嘴巴看着我。

大叔示意讓我別打岔，這事由他來處理。

「是這樣的，這位小兄弟住在八樓跟你的單位只有一天花之隔，而女死者化作的冤魂每逢晚上十一點就會來這裡騷擾他，而我在這也無法進行除靈儀式，所以就想跟你商量一下，要是你肯讓我上去除靈的話，費用就由這位小兄弟來承擔，可以嗎？」

「那自然是求之不得了！請請請，我鎖匙已經帶來了，現

在就上去吧？」蔡先生擦着汗說。

　　大叔見蔡先生已經准許我們進去單位後，就着令我把他的裝有工具的背包揹上，一行人就出發前往樓上的兇案單位去了。

　　在樓梯走着時，蔡先生不斷跟我們大吐苦水，說自己真是苦命，這單位打從死了人後自己一次也不敢上來等等等等，這一路上一直說個沒停，大叔亦被他煩得眉頭也輕皺起來。

　　抵達單位後蔡先生從褲袋裡掏出了鎖匙，在大門打開的那一瞬間一股帶着鐵鏽味的陰風馬上迎面撲來。雖然甚麼事都還沒發生，但蔡先生已經嚇得躲在大叔背後了。

「尚……尚師傅，您趕快開始弄……弄吧。」

　　大叔白了他一眼，但是蔡先生只顧着看房子並沒有為意到，大叔從我手上拿過背包就往裡頭走去。

　　緊隨其後的我往四周打量了一下，單位內雖然已被清理過，但像是窗簾上仍然有小量的血跡沾在上面。光線雖然很充足，但始終給人一種陰陰森森的感覺。

【仲佑篇】

我按照大叔的吩咐在四角處放置蠟燭，他則在房間裡尋找看有沒有可疑的東西，而蔡先生一個大男人居然躲在大門處不敢進來。

「哎！小兄弟你蠟燭放的時候要注意一點，別把傢具給燒了，我這裡以後還得租人的呐！」他在我忙活時不斷開腔提醒我別把單位裡的東西弄壞。

「知道了！知道了！煩！」我沒好氣地說。

在置完蠟燭後沒多久，大叔就從裡頭喊了我，當我走了進去後只見大叔手上拿着一個約莫只有巴掌那麼大的長方形木盒子。我好奇地問了他這是甚麼玩意。大叔慢慢把木盒的蓋子拉開，裡面有一把長長的黑色頭髮和一根銀光閃閃的釘子。

「這是個小棺材，而裡面的是根小號的棺材釘。」大叔凝重地對我說：「女孩的靈魂就是被這道具給囚禁着。」

「那這束頭髮是……」我指着小棺材裡那把又黑又長的頭髮說。

「自然是從女孩的屍身上剪來的。」大叔頓了頓又接着說：「兇手先是把女孩殺掉，然後再剪下頭髮釘於小棺材

中，將其三魂七魄全然封於此單位內，這方法尤其狠毒，施法後如不將頭髮燒毀，她的靈魂將無法獲得釋放，永永遠遠都得留在此地，不能升天。這通常是某些缺德的陰陽師用來對付仇家用。」

「這麼說我們只需……」我正想說些甚麼時，蔡先生那鵝公喉的聲音中斷了我的對話。

「喂喂喂，二位待會再聊好不好？先把正事給辦好吧。」「吵死了！」我毫不客氣地嗆了回去，蔡先生冷不防地被我嚇了一跳，不敢再吭聲，我見狀又跟大叔道：「我們是不是只要把這小棺材給燒了即可解救這女孩？」

大叔點了點頭：「話雖如此，但我覺得兇手是有別的用意才施此法的，但一時間我又想不出來……」

「這個以後慢慢再想，我們快點把事情辦好離開吧，我真的連一秒鐘也不想再見到那蔡先生了。」我一臉不悅地道，大叔聞訊後就走回大廳跟站在門口的蔡先生說：「蔡先生，我要進行除靈儀式了，麻煩你出去把門關一下。」

蔡先生馬上慌張地問：「啊？不讓看啊？你要是把東西弄壞了那我可怎麼辦？」大叔賠着笑回應：「我是怕儀式進行時會把你嚇着。」

「那他呢？怎麼他不用走？」蔡先生指着我質問大叔。而大叔只好說我是來幫忙的，蔡先生得知後仍執意地要留下來看管自己的房子，生怕我們會把這裡給拆了似的，拿他沒轍的大叔只好答應讓他留下來。

在儀式正式進行前，大叔無視蔡先生不悅的目光朝地上撒了把鹽並叮囑我緊記把玉佩掛上。接着他就脫下眼罩，屬陰的左眼發出幽幽的藍光，他燒了三炷香後就開始請女孩的鬼魂上來，只見他口中唸唸有詞，密閉的屋裡開始刮起陣陣陰風，四角的燭光在搖晃數下後就驀地熄滅，唯獨他手上的紅長燭仍然亮着。

空氣彷彿凝固了般，我跟蔡先生緊張得連大氣都不敢喘，單位內就只有大叔快速且低沉的唸咒聲。

唸咒完畢後，他徐徐張開雙眼以堅定的目光凝望着前方，整個房間裡亦一下子陷入了死寂當中。

「啊啊————！！！」

在一輪沉默過後空氣中裡突然傳出了一把女人的慘叫聲，而蔡先生聽到嚇得轉身就跑，卻被大叔一手拽住。

「莫要亂跑，燈在誰手，就跟誰走。」大叔的眼睛仍然盯

着前方沒有移開過。

我記得老爸講過在除靈儀式進行時必須站在燭光能照到的地方才行，否則要出大事。蔡先生被大叔抓得死死的想跑也跑不了，只見他哭喪着臉一副快要心臟衰竭的樣子。接着大叔把紅長燭交到我手上後就拿出了小棺材，這時候鬼叫聲就叫得愈發厲害了，我能感覺到我的腳不由自主地顫抖着。

在大叔用力將小棺材中的釘子拔走時，房子裡所有非固定的物件全都憑空飛了起來，大叔此時對着前方的空氣低聲道：「忍着點，待會兒就不難受了。」

最後他從我手上的蠟燭接過火將頭髮棺材一併燒了，當燃燒着的棺材被丟進化寶塔時，房子裡的靈動來得最為激烈的，不知情的人或許會以為是地震。

在靈動期間大叔右手在胸前擺出劍訣，嘴裡則不斷地唸着咒文，而蔡先生此時已經被嚇得魂不附體的癱坐在地上，我也是頭一回見識如此大場面，腿雖然也有點發軟，但自覺表現要比那鵝公喉好上太多。

在棺材被燒得差不多時，房子裡的靈動亦逐步減弱。完事後四角的蠟燭突然自己重新燃點，單位內頓時變得敞亮

多了。

「她走了。」大叔喘了一大口氣說。

「完……完事了？」蔡先生仍然坐在地上沒法站立。

「是的，她的靈魂已被解放，現於往生的路途上。」

「可是……地縛靈不是要完成了心願才能離開嗎？按道理來說你剛才只是把束縛她的東西解開而已啊？」我滿腦子疑惑地問。

「唉……那女孩還真是可悲。」大叔一聲長嘆後又道：「她的心願居然是想知道殺害自己的兇手現在可安好？我只能如實回答『尚未被捕』。她聽完後居然面帶笑意，滿足地化作了一縷清煙離去。」

　　我聽罷不禁直搖頭，這女孩到底該說她是痴情還是蠢得無可救藥呢？我真的想不透，不過既然死者已逝再加上我不太清楚內情，所以也不作太多的評論了。

　　蔡先生見事情已被解決於是就高興地上前握住了大叔的手，不停道謝，把一切都看在眼裡的我心裡感到相當不舒服，幫這種人免費除靈實在是太便宜他了，最起碼都也得收他個十萬八萬當謝禮才對。

「尚師傳，現在我的房子是沒事了吧？」

「嗯。」

「喲！真是太感謝你了，要你免費幫忙真是不好意思了！請走吧！」蔡先生的臉刷的一下就變了。

「嘿？你這人還真是會過橋抽板……」我想衝上去賞他一拳但是大叔卻伸手將我一把攔住。他笑着對蔡先生說：「房子是沒事了，不過現在還差一道工序尚未完成。」

他從口袋裡掏出了一張皺巴巴的黃符：「現在只要把這符貼於大門上三個月就行了。」

「行，我現在就貼。」說罷他就伸手想要把黃符搶過來，在他的手快要觸及黃符時大叔就像釣魚一樣把手往上一抽。

「欸？尚師傅你這是要鬧哪樣啊？」
「不不不……蔡先生，除靈費可免的，但黃符不能白送。」

「你……」蔡先生感覺自己受騙的樣子。而大叔兩指夾着符在他面前晃來晃去道：「當然，你不信邪是可以不買的，我這人很隨和，從來都不會幹些強買強賣的事情，不過由於免費除靈不包售後服務，女鬼要是突然想家，回來找你的話我可不管了。」大叔一臉奸詐道。

剛剛才經歷完那樣驚心動魄的儀式，蔡先生想不信也不

行了，於是他只能垂頭喪氣地向大叔詢問符的價錢，而大叔伸出了五根手指。

「五百？你這不是坑人嗎？」蔡先生雙目圓瞪吃驚道。
「是五千，買不買？不買拉倒，仲佑，走人。」大叔說完就揮手示意讓我收拾東西，而蔡先生焦急地一把拽住了大叔。

「買……買！不過能不能便宜一點？一千你看如何？」
「仲佑，吃飯去。」大叔把他的手甩開道。
「別別別！唉！五千就五千！我買就是了！」蔡先生一咬牙從口袋裡拿出了錢包，掏出了五張金色的千圓大鈔放到大叔手上，而大叔也一手交錢，一手交貨，把符給了蔡先生。

看到後這鐵公雞掏錢後心中有種說不出的快感！簡直就覺得是大快人心，蔡先生終於要為他的行為付出代價了！

我們掉下一臉沮喪的蔡先生回到了自己的家裡，大叔不管我怎麼拒絕也好，硬是把剛拿到手的五千塊錢裡抽了三千塊塞給我，說是房租。我見大叔如此堅決也不好意思再作推辭，就只能乖乖地把錢收下。

接着我就問他為甚麼不把符的價錢喊高一點？因為我覺得就算是叫價一萬蔡先生最後也會乖乖掏錢出來。大叔

聽罷放聲大笑道:「哈哈!反正那符也不是真的,賣了多少都是賺。」

「啊?那符是假的?」
「那是我昨晚從你房間的垃圾筒裡找到的。」

　　原來大叔是把老爸亂畫的符當成是真的符賣給了蔡先生!

「可是……這不要緊吧?」
「沒事,女孩的鬼魂已走,我只是順便教訓教訓那男人而已,哈!」大叔開朗地大笑着。

厲鬼 壹 陰宅

【伸佑篇】

一五五

梳子與頭髮

　　在除靈儀式後，左手的紅線再也沒有在 11 點 08 分時收縮了。我起初以為所有的事已經告一段落，不過大叔好像對兇手是名通曉陰陽之術的人十分在意，他覺得那兇手殺害樓上的女孩應該是為了達到某種目的才行兇，他一直沒有把事情想通所以這幾天他都表現得很煩惱。

　　我看還是改天讓他跟老爸見面聊聊天好了，說不定老爸的經歷會對他有所啟發。

　　而我最近則在網上幫大叔成立了一間名叫「乾坤」的店舖，專門承接各類法事、算命、驅靈之類的工作。可是成立了整整一個星期都沒有客人上門，我心裡有一刻是想着把店關掉算了。直到有日我收到了一封來自女大學生的求救郵件，我才把關店的念頭給延後了。

　　求救者名叫小葉，她只在電郵裡提到自己已經多日無法入睡，而詳細的情況她想見到師傅時再親自跟他講。難得有客人找上門，我趕緊跟小葉約好了時間，然後讓大叔趕快梳洗一下出門。

　　我約了小葉下午三點時於一家咖啡廳中見面，沒想到我

跟大叔兩點半抵達時小葉已在裡面等着。

「你好。」小葉見到我們後就站起來打招呼。

身穿白色連衣裙的她留着一把烏黑亮麗的長髮，五官亦相當標致然而氣色卻不怎麼好，除了有兩個深深的黑眼圈外，印堂亦泛起了黑氣，一副典型被靈體纏上的樣子。

我跟大叔作了一個簡短的自我介紹後小葉就開始把自己的事情講了出來。

在兩個星期前，她跟朋友去了一趟雲南旅行，在回香港的前夕她們決定去買點手信給自己的家人和朋友，友人在手信店採購時，小葉的注意力則被一個賣小飾品的地攤給吸引住了，她見地攤賣的東西的價格相當便宜於是就在裡頭挑選了一把木梳子。

從那天起，小葉每日都會用木梳子來梳理自己秀麗的長髮，一路下來都相安無事，結果在某天夜裡她洗完澡，一個人在鏡子前用電風筒和梳子梳頭時，她赫然驚見鏡中除了她自己之外⋯⋯牆角處還多了一個長髮女人背對着她。

我留意到小葉在訴說着的同時，亦不時會用手用力地拉扯自己的頭髮，彷彿想將它們連根拔起般。

「那麼你回過頭時有發現甚麼嗎？」大叔摸着下巴道。

「沒有……我當時就嚇得馬上轉過頭去看了，可是身後甚麼都沒有，當我再望回鏡子時那長頭女人亦消失不見。」

「給你個忠告，再遇上這種事情時就別亂回頭看了，所謂天黑莫回頭，背後不是人，情願當作看不見也比回頭看要好。」

「尚師傅，事情還沒完結，起初我只當是自己那段時間太累所以出現幻覺了。但是第二天晚上我梳頭時那背對着我的女人又在鏡子裡出現了……而且要比第一天更接近我。」

　　說到這時，小葉已經淚眼盈眶一副快要哭出來的樣子，她說一切都是在她去完雲南後才發生的，所以她把家裡所有從雲南都帶回來的物件通通扔掉，包括那一把從地攤買來的木梳子。

　　儘管如此，但是長髮女人似乎沒有想要放過小葉的意思，怪事……亦再度出現，到了晚上，回家的小葉發現明明已被扔掉的木梳子竟然安躺在梳妝台上。起初小葉以為是自己扔東西把它遺忘了，沒想到在她抬起頭正要扔掉木梳子時……長髮女人又再突然出現在鏡子當中！

　　這回那女人跟小葉的距離已經不到兩步之差，都快要挨

到她的後背了！小葉驚叫着逃離了房子，而她在逃跑的途中把手上的木梳子扔到了街上的垃圾筒裡，並跑到朋友家暫住一天。

沒想到第二天起床時，她發現自己不但全身上下都髒兮兮的而且還散發着一股酸臭味，小葉以為是朋友的惡作劇，正當她想要出去臭罵朋友一頓時，她發現右手好像握住了甚麼東西，鬆手一看……居然又是那把木梳子！

小葉那時候就知道這不是一個玩笑，因為她這位朋友根本不知道她有這木梳子，更不知道她已經確確實實把它扔了。

小葉開始用力地扯着自己的頭髮，像是要把它們全都拔下來似的。看來這件事給她的壓力相當的大啊……

她說自己也嘗試過問朋友梳子是不是你撿回來的，結果朋友的回答讓她差點崩潰：「昨天你說想睡覺但是進房沒多久後又出來了，你穿上鞋子就往外跑，叫也叫不住，回來的時候你手上就已經握着那梳子了。」這是朋友的親口跟她說的。

「尚師傅，我到底是怎麼回事了？我一點都沒有自己出去過的印象啊……到底是怎麼一回事……你一定要幫幫我

啊……」小葉哭道。

　　而我跟大叔都大概明白發生甚麼事，大叔問小葉可不可以讓他瞧一眼那一把梳子。

「沒有，那梳子太邪了，我不敢帶出來。」
「沒有？」大叔那正常的右眼睜得大大瞪着小葉：「那你手上拿着的那把梳子是怎麼一回事？」

　　小葉先是一怔然後慢慢低頭望向右手，梳子……不知道甚麼時候被她抓在手上了！

「啊！」小葉彷彿見鬼似的尖叫了一聲並鬆開了手，木梳子在桌面彈跳了幾下後來到了大叔面前。

　　由於剛才小葉那一下尖叫，弄得咖啡廳裡其他的客人全都被她的聲音吸引而朝着我們這看了，害我怪不好意思的……

「我明明……我明明沒有……」小葉驚訝地望着桌面上的木梳子，手也不自覺地顫抖着。

「我大概明白事情的經過了，小葉小姐。」大叔伸出手按着了木梳子又說：「我先給你一條紅線和一道黃符，紅線

你待會兒就綁在左手小指上，而黃符就貼在你見到長髮女人的那面鏡子上，我跟他先回去準備一點工具再到府上找你。」

「可是……可是，我不敢回去……」小葉楚楚可憐地望着大叔，那眼神實在叫人心動。

但大叔對此毫不賣帳並堅決地說：「放心吧，紅線跟黃符都會保護你的。」說罷就從口袋裡拿出了那兩樣東西給她。

小葉只好乖乖的伸手去接，但她的手在觸及黃符時卻突然像是被電流打到似的縮了回去。

「怎麼了？這符燙手嗎？」大叔瞇起右眼看着小葉。

「沒……沒有，我這就回去。」小葉小心翼翼地收起了符後就離開了咖啡廳。

而在她走了沒多久後我們也起行回家收拾工具，在路上我跟大叔閒聊道：「尚大哥，小葉到底是碰上甚麼東西了？」

「嗯……應該是梳子被甚麼靈體給依附在上面，而她則是在梳頭時被那東西給纏上。」

「那容易處理嗎？」

「本來應該是很輕鬆就能搞定的，但現在卻不好說了，她先是自己把梳子撿回來而沒有印象，繼而就是對黃符有抗拒的反應。種種跡象都顯示她可能已經被附體了。」

「附體？」

「對，你覺得那靈體為何要在鏡子裡現身來嚇唬小葉？」

「嗯……讓她害怕好方便自己附身？」

「只答對一半，人在害怕時魂魄會變得紊亂，並且會不自覺地散逸出七魄真氣，弱小的靈體會以此為食來強化自己，也就是說它們是以人類的恐懼為食糧。小葉她正正是被這類的靈體給附身了。」大叔說完後拿出了木梳子：「第二個證據證明她被附身的是，原本附在上頭的東西如今已消失不見，我只能看得有少量陰氣殘留在梳子上，而那玩意恐怕已經完全附在小葉身上了。」

「啊？那這樣小葉她的處境豈不是很危險？你怎麼還讓她一個人回去啊？要是那靈體突然暴起傷人，小葉不就完蛋了？」

「那倒不至於會傷人，畢竟也只是隻弱小靈體而已，不過為免事情起變數，我們還是盡快趕過去吧。」

　　回到家裡後大叔就開始準備待會要用到的工具，而其中

一樣的法器吸引了我的目光，那是一把非常精緻的桃木劍。

「大叔，這是……」我拿着桃木劍問正在整理東西的大叔。

「此乃文王七星桃木劍，是我比較喜歡用的辟邪法器。」
「桃木劍？張神算他不是用柳枝的嗎？」
「是的，師傅對柳枝是情有獨鍾，我其實也挺喜歡用的，
不過到了現在由於柳枝不好找了，所以我改為用桃木劍。」

　　大叔又跟我解釋道桃木五行屬金，有威懾與肅殺之機，
而刀劍等殺傷武器則有殺威制裁之用，所以把桃木製成劍
狀可以起到良好的辟邪作用。而且劍身上更刻有一段金剛
經的經文，在金剛經文的加持下此劍可以誅殺世上一切邪
崇與惡鬼。

　　如此看來，這把劍是十分可靠的樣子。

「不過，我甚少會用到此劍，因為我信奉着師父的那一套
『人不犯我，我不犯人』，只要靈體沒有傷害過人我都不會
用此劍去打散它們。這一回的靈體是以人的恐懼為食，已
經符合我去消滅它的條件。」

　　我們收拾好東西後就往小葉給我們的地址出發了，抵達
時太陽已開始下山，天邊泛起了一抹紅霞，雖然是第二次

跟着大叔來驅靈了，但心裡仍然感到緊張。

　　來到小葉住的單位時，我們驚見她家的門居然沒被關上，大門和鐵閘都開着，難不成她知道我們會在這個點抵達，所以提前開門？正當我疑惑着的時候，我發現有一紅一黃的東西躺了在小葉家門前，走近一看居然是大叔給小葉的紅線和黃符⋯⋯

「尚大哥，小葉把你給的東西就這樣扔了在這裡，搞甚麼？」
「我看不是『扔在這裡』，而是她『帶不進去』吧。小心點，小葉也許已經失去自我控制的能力了。」

　　我跟大叔小心翼翼地走進了小葉的家裡，由於此時已日落西山，單位內又沒開燈所以漆黑一片，視野非常差。

「小葉小姐。」大叔朝單位裡面試探性地喊了一聲，但是卻沒人回應。

　　這時門口突然刮起了一道陰風把我吹得直打哆嗦，我小聲地問大叔現在該怎麼辦，大叔豎起一指放在嘴邊示意讓我別講話，他自有分寸。

　　我們走到裡面時發現有一間房間的門是虛掩着的，於是我們就走上前把門推開，結果卻發現有名長髮女人正對着

鏡子用梳子梳着頭。此時她也察覺到有人進來於是轉頭來看，在她緩緩移動頭部時我的心都快跳上嗓子眼了，當我見到是小葉的臉後頓時就舒了一口氣。

在我以為可以安心時，左手小指上的紅線卻猛地收縮起來，把手指都掐疼了。

我察覺到事態異常於是就緊盯着小葉不放，此時小葉終於幽幽地開口說話了：「官人，你回來啦。」她說話的聲調比起平常要高上許多，聽起來簡直就像是另一個人的聲音。

「官人？這裡沒有一個人是你的官人，趕緊從小葉身上離開。」大叔大聲向『小葉』喝道。

在大叔講完後我無意間瞥了鏡子一眼，發現鏡中除了小葉的身影外還多了一個長髮女人！它就那樣伏了在小葉身旁用慘白的手撫摸她那把漂亮的長髮，看得我寒毛直豎的。

「大……大叔，小葉旁……旁邊多了一個人。」我緊張得連講話都講不清楚了。

「官人，你不認得奴家了？」『小葉』又開口說話了，而鏡中女人的手也止住不再撫摸。

「媽的，這回怕是碰上一隻依附在梳子上的古代女鬼了。這官人前，官人後的聽起來一點都不順耳。」大叔舉起尾指掏了耳朵一下。

「尚大哥你就別抱怨了，趕快用劍把它給砍了吧。」我着急道。

「不行，這樣砍下去連小葉都會受影響，得先把它從裡頭趕出來。」大叔揭開了眼罩睜開了會散發出幽幽藍光的陰陽眼。

「官人……你把奴家給忘了嗎？」小葉垂下了自己的頭，長長的秀髮把她的臉全然遮擋，現在她的樣子就跟鏡中女鬼如出一轍。

　　大叔的話恐怕刺激到女鬼了，小葉的身體因此不停抖動起來，溫度亦一下降到冰點以下，呼出的空氣會形成白煙。

「你真的……把奴家給忘了嗎！！！！」小葉冷不防地一掌拍在梳妝台上，這一下讓梳妝台上的小電燈「嚓」的一下燒掉，害我們失去了房間中唯一的光源。

　　大叔見狀馬上讓我把事前給的長紅蠟給點起來，但我卻被這突如其來的黑暗給嚇懵了，一時間沒反應過來，直到

大叔第二次喊我才手忙腳亂地把長紅蠟從背包中取出，可這打火機是怎麼一回事，不管我怎麼按都打不上火。

「你居然把我忘了！」在黑暗中的小葉怪叫着將大叔撲倒。「仲佑！動作快點！她手上有利器！把長紅蠟給點起來！」

在黑暗中我能聽到大叔在跟小葉搏鬥的聲音，利器劃破空氣而發出的「嗖嗖」聲在不斷刺激着我的聽覺神經，手因為害怕而不斷顫抖着，就連點開打火機這麼簡單的事也失敗了十幾次才成功。

「好了！」我高舉起了已經燃點起來的長紅蠟，房間裡一下子敞亮多了。此時大叔正用雙手抓住了小葉拿着剪刀的手不讓她往自己咽喉刺下，而小葉也不知道哪來的怪力，大叔單單是想停止她的活動經已快用盡全身的氣力了。

這時候我看了小葉的臉一眼，媽啊，這臉看來根本就不像是小葉的，不但披頭散髮，雙眼佈滿血絲，滿臉更被一條條青筋給爬滿！現在的她就如同鬼魅般恐怖。

大叔一見燭光亮起就馬上從小葉的壓制中掙脫出來，只見他動作利索地從懷中掏出了一道黃符一下按到小葉的額前。小葉頓時發出了不像是人類能發出的慘叫聲，手中的剪刀也掉落到地面上，頭上那把漂亮的頭髮則像是失去引

力般在半空漂浮着。

「按着她！」
「啊？」
「趕快！別廢話！」大叔一邊說着，一邊把中指放到嘴裡用力咬破，把鮮血抹在桃木劍的劍身上，而我則衝上前環抱着小葉不讓她亂動。

「小葉！你冷靜點！我們是來幫你的！！！」

　　小葉已陷入了瘋狂狀態，她不斷怪叫着想從我的束縛中掙脫。大叔口中唸着經文然後舉劍朝小葉砍去。

　　不是吧？這樣不是會傷到小葉嗎？

　　只聽到「嚓」的一聲，小葉那把烏亮的秀髮居然被大叔用桃木劍給砍斷了！斷髮猶如羽毛般輕輕地飄散，而在頭髮被斬斷後小葉則兩眼反白，全身無力地倒靠在我身上。

　　未幾，一陣白煙就從地上的髮絲中竄出並在半空中怪叫着：「官人！！！」

　　大叔看也不看就朝白煙灑了一把鹽：「閉嘴吧你。」白煙在碰到鹽後就馬上消失得無影無蹤了。

「大叔，小葉沒有反應啊！」

「沒事，把她放在床上休息一會，很快就會醒過來。」大叔拿出手帕拭擦着桃木劍上的血跡。

而過了一會兒後小葉終於從昏迷中甦醒，但是她對剛才所發生的事一點印象都沒有，她最後的記憶是自己在門口掏出鎖匙準備開門時，從鐵閘的鏡面上赫然發現長髮女人站了在身後，接着她就失去意識了。

大叔說女鬼已被他打散了，所以小葉不用再擔心鏡子裡會有甚麼長髮女人出現，最後他還提醒小葉在內地旅遊時千萬別再亂買東西，特別看上去是已經有一段歷史的。

小葉望見滿地的髮絲後就摸了摸自己的頭，接着才意識到地上的頭髮其實是自己的。大叔見狀只好解釋削掉頭髮是一種儀式，代表着把小葉和女鬼之間的聯繫給斬斷，從而將女鬼從小葉的體內趕出來。

而她則因為頭髮被削而感到悲傷，不過她的心情我是能夠理解的，因為對某些女孩來講，頭髮就是第二生命。但比起每晚都擔驚受怕，斷一些頭髮又算得了甚麼？

厲鬼
壹
陰宅

【仲佑篇】

嬰靈

在梳子事件結束後，大叔見小葉還是個學生所以沒有打算跟她收取酬金，不過在小葉堅持下，大叔只好收了一百塊作象徵式收費。

後來我再見到小葉的時候，她已經去理髮店把參次不齊的頭髮給剪了，由長髮換成了一個清爽的短髮。果然美人不管是長髮或者短髮還是一樣的好看，現在的小葉不單換了一個形象，神色仍比起第一次見面時要好上許多。

偶而她還會上來我們家幫忙打理一下家務和煮飯給我們吃，不過跟據我的觀察所得，她每次來都是為見救了她一命的大叔，唉⋯⋯

在幫過小葉後我們過了整整兩個星期都沒有再收到任何尋求幫助的電郵，也就是說一單新的生意都沒有。幸好小葉有在網上不斷為我們這個事務所宣傳，在沉寂了一段時間後，第二封的救助電郵來到了我的信箱裡。

來信者是一名剛剛失去孩子的母親，最近她經常在家裡聽見有嬰兒的哭鬧聲，但問題在訴前幾個星期前她三個月大的兒子因意外身亡後，家中已經沒有任何小孩。

那麼哭聲到底是從哪裡傳來的？而且只有她聽得見，丈夫一點影響都沒有，她懷疑是離世沒多久的兒子還依戀着自己所以不肯離去，儘管自己也不捨得但還是希望請大叔來超渡自己的孩子，讓他早點投胎別在這裡耽誤。

「嬰靈啊？」大叔抓了抓自己鳥窩似的頭說：「雖然嬰靈不怎麼會害人但某程度上可能比凶靈還要難處理。」

「欸？為甚麼這樣講呢？」我不解地問。
「因為跟嬰靈是很難溝通的，它們都是一些還沒學懂人世間事物就離世的小孩，只會隨着自己的本性行動，總之很麻煩就是了。」大叔苦惱地道：「你想想，打散又怪可憐的，講道理它們又聽不懂你在說甚麼，所以在超渡時要比正常的鬼魂多花好幾倍的時間。」

「可是尚大哥，那個女人聽起來很可憐的樣子，你就幫幫她吧。」小葉依偎在大叔的肩上道。

「那個……小葉你是怎麼進來的。」我呆望着一臉享受的小葉說。

　　不但跟大叔這麼親近，而且已經從叫「尚師傅」改口叫「尚大哥」了！！可惡！！！我也想有漂亮的女生依在身旁叫我佐大哥啊！！！

「是我給的鎖匙，對不起，忘了通知你了，不過這樣以後她上來打掃會方便一點。」大叔不好意思地說。

「是嗎？」我朝着兩人反了個白眼，又把注意力放回電郵上。

電郵沒有提過她的兒子是怎麼意外身亡的，不過有提到她在年輕時曾經試過數次墮胎。

「纏住女事主的嬰靈數量會不會⋯⋯比預期中來得要更多。」我也搔頭了。
「唉⋯⋯要真是這樣，這活可不好幹啊。」大叔聽到後發出一聲長嘆。

大叔嘴裡雖然一直喊着「麻煩」、「不好幹」、「不想接」以類的話，但他還是跟女事主約了時間地點見面。在星期六中午，我和大叔按照着她給的地址來到中環一間寫字樓裡，櫃台小姐帶我們去了會客室裡面坐着等候。

我環顧了會客室四周一下，從裝潢中不難看出這是一家相當大規模的公司，說不定幫完女事主後可以叫她介紹我來這裡上班，這樣我就不用經常為生活費而發愁了。

在喝完了櫃台小姐遞上了的熱茶後沒多久，女事主就推門而入。她看起來已有三十餘歲，身穿一套整齊的女性西

裝，身材高挑而且玲瓏有致，一看就知道是一位很注重保養的女性，用尤物來形容她一點都不會過份。對姐控的我來說簡直就是正中紅心啊！

「你好，讓二位久等了，我姓許。」女人跟我們作了一番自我介紹。許小姐說自己平常比較忙，只能在周六半天工作時才能抽空跟我們見面，看樣子她應該是剛剛開完會就直接趕過來了。

　　在我跟大叔也簡短的自我介紹後許小姐就跟我們講述家裡的情況。

「剛開始有哭聲的時候我以為是自己太想念兒子才出現幻聽，因為我問了我的先生他說甚麼聲音都沒聽見，可能是由於工作壓力太大所以才會在半夜聽到嬰兒的哭啼聲，之後我也有去過看醫生，但是醫生在說我身體以及精神都一切良好後，我才認定是我兒子的靈魂回來找我了。」

「這一點都不稀奇，對於一個嬰兒來講母親是世界上最重要的人，所以它會回來找你也在情理之中。」大叔聽完後作出回應。

「但是最近的哭鬧聲愈來愈嚴重，是不是他在怪我沒有好好照顧他所以回來報仇了……」許小姐說到痛處時更眼泛

淚光。

　　報仇？我怎麼覺得聽起來好像怪怪的。

「那個，許小姐，可能會讓你有點難受但是我想問一下令郎是因為甚麼事而離世的？」我壯着膽子問了許小姐。

　　許小姐先是一怔然後面上流露出哀傷的表情，我看到後差點想衝上前將她擁入懷中好好安慰一番，不過理智最後還是克服了衝動。接着許小姐就強忍着悲痛將兒子離世當晚的情況說了出來。

「當天我下班後已經很晚了，回到家除了要煮飯給我先生吃外還要哄思齊睡覺，我還記得他怎麼哄都不肯睡，一直在哭鬧着，所以我就把他抱到我跟先生的雙人床上一邊給他唱歌，一邊哄他睡，沒想到因為我太累了所以哄到一半我自己反而先睡着……結果……結果卻……」許小姐的心理防線終於被衝破，眼淚不住的流下。

　　我很識相的坐了在她身旁默默地為她遞上紙巾。

「突然間……我老公很緊張地把我推醒，我……我才發現思齊被我壓了在底下，發現時他的臉都已經變紫了，在送去醫院前思齊他……思齊他已經沒了呼吸。」內疚的許小

姐很是激動地在嚎哭着。

　　唉……這種悲劇到底還要發生多少次，人們才會懂得不應該讓嬰兒跟成年人同床睡覺？試想想以一個成年人的體重壓下去一個小嬰兒身上，即使不窒息也會把他們給壓傷。

　　不過許小姐她也不是故意的，說到底她也是受害者，再責怪她也於事無補。

「尚大哥，你怎麼看？」
「暫時甚麼都沒看見，那嬰靈的活動範圍應該只限制在許小姐的家裡。」大叔揭起眼單瞄了許小姐一眼。

　　那看來還是需要去她的家一趟才行，我們給許小姐說明了一下狀況後她讓我們在會客室裡再稍等一會兒，因為她跟別的公司還有一個會議要開，說完後她就退身出去了。

「許小姐她還真是一位堅強的女士，痛失愛兒後還能這麼快重新投入工作。」我不禁讚嘆她的毅力：「正常人應該還會在喪子之痛中掙扎着吧？」

　　我突然想起狗蛋和狗蛋娘的事，不過狗蛋娘的悲劇應該不會發生在許小姐身上。

大叔歪着頭想了一下說：「沒準她是想透過不停工作來麻醉自己，從而忘記那件事情吧？」

　　我跟大叔在會客室一直閒聊着，而許小姐回來已經是兩個小時後的事情。雖然我們沒有介意但她還是不斷跟我們道歉，害我多少有點尷尬。

　　抵達許小姐府上已是黃昏了，她很熱情地招待我們吃飯。我們進去後就坐了在飯桌旁，而她則在廚房與飯廳之間進進出出的忙活着，很快的熱呼呼的飯菜就被端到我們面前。

　　「你們先吃吧，我還有幾道菜要弄。」許小姐莞爾一笑又轉身回廚房忙去了。

　　飯菜固然吸引人但許小姐在廚房的身姿也是相當的迷人，要是我是她的丈夫那該多好？嗯⋯⋯說起丈夫。

　　「對了，你先生甚麼時候回來？」我好奇地問了一句。

　　而許小姐正在炒菜的手驀地停下，她明顯對這句話有着特別大的反應，她說：「不用管我先生，他已經好幾天沒有回來了，你們儘管吃，不用理他。」

莫非她的丈夫因為許小姐誤殺了兒子所以生氣的離家出走了？那麼我說不定可以……大叔像是看穿了我的心思般的用手猛敲了我的頭一下道：「吃飯吧！腦袋裡淨想些有的沒的事。」

　　我白了他一眼後就拿起飯碗扒起飯來，吃到一半時許小姐從廚房裡拿出了一盤香草雞翅：「這是我的拿手好菜，你們一定要嚐嚐！對了！我裡面還有魚沒弄好。」說完她又跑回廚房裡去了。

　　大叔瞄了香草雞翅一眼後就跟我說：「仲佑，你來替我吃一隻吧。」

　　我嘴裡早已被雞肉所塞滿，於是我疑惑地問他：「欸？為甚麼？這雞翅很好吃啊！」

　　「我討厭香草，但不吃好像又不太給面子，趁她沒為意到你替我吃一隻吧！」大叔邊說邊用筷子把雞翅夾到我的碗裡。

　　大叔既然都這樣說了，我也只好替他幹掉了一隻雞翅然後把骨頭放到他那邊，許小姐端着蒸魚出來時見我們都吃了雞翅就興奮地問：「那香草雞翅好吃嗎？」

我本來想開口讚美但沒想到根本沒吃的大叔居然搶先回答：「許小姐的廚藝果然相當精湛，那雞翅真的好吃極了。」

　　……你臉還真不會紅啊？

「對了，許小姐，洗手間在哪？」大叔推開椅子起身問道。「走廊左轉就是，我帶你去吧。」許小姐急忙要給大叔帶路。

　　現在飯桌裡就只剩我一個人孤單地扒着飯……怎麼女人們總是對大叔他特別好。

　　我失落地走到廚房裡想要添飯，沒想到發現垃圾筒裡居然塞滿了空的食用鹽包裝，哇……這數量恐怕已經是可以同時供幾家人用一年的份量了，許小姐家這麼重口味嗎？可是剛剛吃飯的時候也不覺得她下了特別多的鹽啊？奇怪。

　　這時候，我左手的紅線收縮了。這說明有靈體在我身邊出現了，我緊張地放下飯碗衝去洗手間找大叔。

「尚大哥！紅線收縮了！嬰靈已經出現了！！！」我走到洗手間時大叔剛好走了出來，大叔讓我別慌然後指着走廊盡頭的房間問許小姐：「請問，我能參觀一下那房間嗎？」

許小姐聽到後支支吾吾的說裡面放了一些很私人的東西，不太方便。

　　大叔臉色頓時一沉：「不方便？難道說裡面藏了甚麼不可告人的秘密？比如說……屍體？」

「尚大哥，你是吃飽吃撐了吧？你在胡說八道甚麼？許小姐怎麼可能在家裡藏甚麼屍體，你說是吧？許……小姐？」我轉身去問許小姐，此際的她低下了頭陰着臉不講話。

「許小姐？你沒事吧？」

　　只見慢慢抬起頭的她面目猙獰地問大叔：「你是怎麼知道的？」

「打從剛進門我就知道了，那靈體全都告訴我了。」
「不可能！我的紅線剛剛才收縮！怎麼可能一進門就有靈體告訴你！」我質問大叔。

「住嘴，仲佑，嬰靈的能量還沒強到能讓紅線收縮，你剛才的收縮是因為這房子裡還有別的靈體。」
「別的……靈體？」我的腦袋一下子就短路了。

　　許小姐撥弄了自己的頭髮又問：「那麼……他跟你說了

甚麼？」

「媽媽為甚麼要殺我？」大叔頓了頓說：「我還挺意外它這麼小居然也挺能說呢。」

許小姐得悉後渾身慢慢顫抖起來，她用手掩住了半邊臉只露出瞪得大大的左眼嫌惡地說：「所以我就說小孩子真是討厭又麻煩啊！一天到晚就只會哭、哭和哭，用枕頭把他悶死的那一瞬間我還真有一種解脫了的感覺。」

我真的沒想到原先溫文爾雅的許小姐現在居然流露出像是惡鬼般的表情……

「悶死？那麼說……」我驚訝地說。

大叔點起了香煙抽了一大口說：「沒錯，從一開始就不是意外，這是謀殺案而且還不止一宗。」

「兩宗？第二宗難道是……」我轉過頭看着許小姐：「許先生……是吧？」

「怕是許先生後來發現了真相，結果這惡毒的女人為了秘密不外洩只好將自己的丈夫也殺掉。我會知道是因為我在洗手間裡洗臉時看到『他』了。」大叔用手指着自己的眼罩

說。

「呵呵……」許小姐陰險地望了手錶一眼後笑道：「你們即使知道了也沒用，因為你們根本就沒有機會講出去，因為我早就在你們吃的菜裡下了麻藥，如果你們能乖乖的幫我把那整天哭哭啼啼的小混蛋趕走，在這裡睡一晚我就會放你們走，現在看來只能讓你們留在裡面陪陪我先生了。」

「喔？被下了藥的菜色該不會是香草雞翅吧？麻藥的味道那麼重，所以你就選了味道同樣重的香草來把藥的味道掩蓋過去。」大叔臉上流露出不亞於許小姐的奸狡笑容：「那雞翅我可是一口都沒吃喔。」

我一聽就着急了：「不是吧？我吃了整整兩隻啊！！！」

許小姐知道大叔沒吃到藥後臉色頓時大變，她突然抓起了一把開封刀就往大叔身上刺去，而大叔不慌不忙地往左邊一閃，就輕輕鬆鬆地讓她刺了個空，接着大叔一手拽住她的腦袋往牆壁狠狠一撞，許小姐就馬上兩眼反白暈死過去。

大叔朝倒在地上的許小姐啐了一口道：「我連殭屍都不怕，還會怕你一個拿着小刀的女人？」

此時我卻因為體內的麻藥發作，突然感到天旋地轉，接着眼前一黑後就失去了意識，醒來後我發現自己已身在醫院，坐了在我身旁的大叔見我醒來後了就問我感覺如何，我覺得還好，只是有點頭疼以及有種好像睡了很長時間的感覺，大叔笑着說我已經昏迷了整整一天。

「屌，你明知道那香草雞翅被下了藥怎麼還讓我吃？」我不忿地問到大叔。

「還不是為了騙她，如果我們沒人吃下雞翅那女人怎麼會如此坦白？順帶一提我真的不喜歡香草。」

唉⋯⋯聽到這樣的解釋後我的頭就更疼了。

大叔告訴我事後他報了警，警方從走廊盡頭的房間中找到了失蹤已久的許先生，恐怕許小姐是為了防止屍身發臭所以買來了大量的食用鹽把屍體醃了起來，屍身的水份被鹽所吸收，很快就成了一具不會腐爛的乾屍。

這就解釋了為甚麼我會在垃圾筒裡看到那麼多食用鹽包裝了，而許小姐見事情已經敗露就索性把真相全都供了出來，由壓力大所以殺子去到因怕發現真相的丈夫報警而把他也殺掉然後醃屍一事和盤托出。

謀殺的話終身監禁是逃不掉了，這輩子許小姐都會處於殺子殺夫的陰霾下在監獄中渡過她的餘生，她進了監獄也就意味着我們這一回恐怕是收不到任何錢了，儘管如此，大叔還是免費超渡了思齊和許先生的靈魂。

　　而我……則無緣無故地躺了幾天醫院。

病人

　　今天是我住院的第三天，由於我醒來後頭老是在發疼，於是醫院方就讓我繼續留院檢查導致頭痛的原因，我雖然不怎麼樂意但為了身體着想我還是聽從了醫生的吩咐住了下來。

　　醫院裡總是有一股令人不舒服的消毒藥水味，即使在我外出散步時那味道還是一直在我鼻子裡揮之不去。而另一個讓我不想住院的是左手的紅線總是一天到晚的不斷收縮來提醒我身旁有靈體的存在。醫院嘛，有靈體是很正常的事，這我很了解，但當你身旁有東西無時無刻都在提醒你「旁邊就有一個」時，那感覺就好比你在書店時每拿起了一本書，書店的店員就跟你說「這本書，裡面有字的」般煩厭，到了後來我真的受不了就把紅線給解了下來。

　　而且每到晚上，跟我同病房的老年病人都會痛苦地呻吟着，而且一叫就是一宵，在病房外的護士們明明是知道的但卻扮作甚麼都沒聽見繼續做自己的事情，結果我在住院期間沒有一天是睡得安穩。

　　說好的白衣天使呢？你們的真實身分該不會都是聯邦軍的白色惡魔吧？

「你就別抱怨那麼多了，人家護士這樣做是有原因的。」大叔在我旁邊用小刀削着蘋果說。

可能是出於讓我吞下麻藥的內疚，大叔在我住院期間每天都會來探望我。而我那親生的老爸在電話裡聽到我住院後第一句居然是「哎喲，沒死就行了，那我去打麻將了。」我聽到時就愣了，因為起初我是以為我把「沒事就行」錯聽為「沒死就行」，但後來想想以老爸平常做事的尿性來看，他說的應該是後者才對。

改天我出院前還是順手做個親子鑒定好了……

「你的意思是？」
「因為有時護士們都分不清那到底是不是人的呻吟聲，試想想你聽到呻吟聲但卻找不到聲音來源時是多麼的恐怖？」

大叔把削好的蘋果遞了給我又接着說：「有些病人在生時經歷過巨大的痛苦，由於這記憶太過深刻以致他們在死後仍然以為自己是處於痛苦當中，於是就呻吟起來咯。所以你不按床頭的求救燈，她們很少會主動來照看你。」

「啊？死後還不能從痛苦中解脫那豈不是很慘嗎？」我接過蘋果後就大大的咬上了一口，味道和口感都不錯，沒想到大叔還挺會挑的。

「它們不是真的在痛，而是還沒明白自己肉身已死的事實，我們只要稍作提醒，讓它們知道自己的情況就可以了。」

　　大叔大約待到黃昏左右就回去了，而我也找了個機會溜了出去散步同時打算去飯堂買點吃的，醫院的伙食雖說不是很差但東西吃起來都淡而無味，對於喜歡美食的我實在是有點難以下嚥。

　　我在散步完到達飯堂時已經是吃晚飯的點了，裡面都已經擠滿了人，我端着剛買來還熱騰騰冒熱氣的咖哩豬排飯找不到位子坐。還好過了沒多久我就發現有一個位子空了出來，於是就走了過去問坐在對面的那個男人這位子是不是沒人的，那男人點了點頭後我就高興地坐下準備享受我的晚餐了。

　　沒想到坐下去我才發現對面的那個男人非常的瘦，感覺就像非洲那些飢餓兒童一樣瘦得只剩下骨頭似的，大概只有三、四十公斤左右，不過他的面容雖然憔悴但仍然保持着笑容。

　　他在我坐下後微笑着朝我點了點頭說：「晚上好。」

　　我看到也點了個頭回禮然後就拿起筷子猛吃起來。

吃了幾天醫院的伙食後我差點就以為自己失去了味覺，如今被香辣的咖哩刺激了一下我那快要壞死的味蕾後，我又重拾起做人的樂趣了。一想到人死了之後就只有香燭可以吃後我就急忙多扒了幾口白飯。

「那個豬排好吃嗎？」對面的那個男人在我吃得津津有味時突然開口問我。

　　被一個陌生男人搭訕，感覺怪怪的，不過看他的樣子已經也是住在這裡的病人而且還是病得不輕的樣子，我本着「回答一下又不會少一塊肉」的心態把手中的筷子放下了。

「啊？豬排啊？還不錯。」
「好吃就好，好吃就好。」他聽到後就樂呵呵地點了點頭：「我也好久沒吃過東西了，現在只能偶而跑來飯堂看看別人吃飯來滿足自己了。」

　　我聽到他說自己很久沒吃過飯後，後腦勺突然涼了一下，媽啊！這男人該不會是靈體吧？我的紅線又解了下來，不能鑒定他到底是人是鬼，怎麼老天就淨挑在這種時候讓我遇到他？該不會是在耍我吧？

　　現在裝着沒看見好像已經太晚了，要是他還活着我不就糧大了？唉……怎麼辦才好？

「那個……你想吃嗎？不如我分一點給你嚐嚐？」我試探性地問。

　　那男人笑着揮手婉拒了我：「不用了，你慢慢吃，甭管我。」

　　他揮手時有個影子很明顯的在桌面上晃來晃去，看來他應該是個活人沒錯。不過他都這麼瘦了，再不吃點東西恐怕對身體不太好吧？

「大哥，你不用跟我客氣，你嚐完要是覺得不錯我再買一份請你吧！」

　　那男人苦笑道：「不是我客氣，而是我真的吃不下。」他說罷指着肚子又說：「末期胃癌，沒治了。」

「啊……抱歉，我不知道你的情況所以……」我急忙向他道歉，可是我還沒講完他打斷了我的對話。

「沒事沒事，不知者不罪，何況我都已經接受現實了，你吃吧！我看到別人吃得高興時我也高興。」

　　居然被他反過來安慰了……我真恨不得馬上找個坑鑽進去……

在吃完飯後，我就跟那男人閒聊起來，他說他姓吳，以前是開餐館當老闆的，不過在他兩年前患上胃癌後就把自己的餐館給關了，專心養病。可是天公不作美，他這病怎麼治都治不好。

「那一次我開刀，醫生跟我說一打開腹腔就發現癌細胞已經擴散了，也就是說，沒法治了，叫我好好準備一下。」吳哥講到這不禁一聲長嘆。

「那麼……還剩多少時間？」
「半年前就跟我講只剩下五個月，現在我還能走出來已經算是奇蹟了。」

這時候飯堂入口處走進來了一名護士，她看到吳哥後就馬上走了過來。

「哎呀，被發現了。」吳哥笑着說。

護士有點氣憤的扶起了吳哥說：「吳先生，我不跟你講過你現在不能隨便亂跑嗎？怎麼你老是不聽話？」

吳哥無奈地說：「抱歉，小兄弟，我得先回去了。」可是他跟護士走了沒幾步後又停了下來：「對了，我現在住在 B 棟的化療病房裡，倘若你有空的話能不能來找我聊聊

天？」

　　我想着自己住在醫院裡也是閒着沒事幹，於是就答應了明天起床後就去 B 棟找他聊天。

　　而當天晚上我仍然睡不着，並不是因為旁邊病床的老頭又在呻吟而是因為我想起了吳哥的狀態，人啊早晚都得死，這件事大家都知道。但問題是每個人都不知道自己的死期將會在甚麼時候來臨，十年？十日？沒人知道。

　　但像吳哥這樣的末期癌症病人就不一樣了，他們的頭上彷彿被裝上了一個倒數計時器，這計時器無時無刻都提醒着他們死亡即將降臨到自己身上。如果是我的話肯定早就被這計時器給逼瘋了，在生命進入倒數階段時像吳哥那樣看得開的人還真是了不起。

　　第二天我信守承諾來到了 B 棟，我經護士指路後去了三樓我化療病房去找吳哥，可抵達時卻找不着他。我抓住了一名護士問他現在去了甚麼地方，是不是轉房間了？

　　然而，護士卻告訴我吳哥於昨晚凌晨病情突然惡化，被轉到深切治療部去了。我聽到後馬上就往那地方奔去，在到達病房外時，吳哥已經全身被插滿喉管躺在病床上了。

在我走進病房後，吳哥艱難地開張眼了望着我，嘴上欲言又止，只有一些白霧在面上的氧氣罩形成。

「吳哥，你還好嗎？」我握住他那冰冰冷冷、瘦如骷髏的手道。

「呼……呼……」他好像在說甚麼但是聲音太小沒法聽清楚，所以我只好把頭靠到他嘴邊。

「豬……豬排飯，好……好吃嗎……」他很辛苦的才把這幾個字講完。

「好吃……好吃極了！你想吃嗎？我現在就去買一份給你！」

吳哥慢慢地點了點頭。

我見他已經點頭了於是立馬就衝了出去，在電梯裡的時候我聽到護士們提到吳哥，說他沒老婆孩子又沒有別的親人，現在這樣子真是可憐，我聽到後心裡不免感到酸酸的，這些日子吳哥他到底是怎麼走過來的。

我在飯堂裡快速地買了飯後就往回跑着，在半路上我遇到了來探望我的大叔。

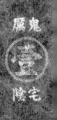

「喂！仲佑！你去哪啊？」大叔想要叫住我，但我停都沒有停過說：「我有點事要幹！待會再找你！」

回到病房後，我把冒着熱氣的咖哩豬排飯放到吳哥頭旁：「來，我買回來了，快點起來吃吧。」我一邊說着一邊扶起吳哥。

誰不知吳哥居然搖了搖頭說：「你……吃。」

「我已經吃過了，這一份是買給你的，你就嚐一下吧。」我打開了飯盒，裡面傳來了香濃的咖哩味。

吳哥在聞到咖哩香後微微一笑然後就合上了眼睛。

「吳哥！」我見狀就想按呼叫燈叫醫生來。

「別按了。」大叔不知道甚麼時候尾隨我來到病房門口，他讓我不要叫人來。

「可是……吳哥他……」我焦急地說。

「沒用的，這人的氣數已盡，小鬼們已經開始在他身旁聚集着，就算再叫人來搶救他也只是徒增加他的痛苦而已。」

「可是……吳哥說他想吃這咖哩豬排飯啊，如果他現在走了不就永遠都吃不到了嗎？大叔，你有辦法嗎？有就請你幫幫他吧。」我苦苦哀求大叔。

大叔也嘆了一口氣說：「唉……延長他的壽命我是做不到了。」

我失落地看着病床上的吳哥，心中無限哀傷。

「不過，吃個飯應該沒問題的。」
「當真？」我以希冀的目光望着大叔。

大叔點頭走進病房後，從懷裡拿出了一道紅符燒掉，接着他就把符灰繞着吳哥身旁散了一圈。

「尚大哥你這是在幹甚麼？」
「把正在搶奪他剩餘生命的小鬼給暫時趕走。」

大叔把手上的灰都倒掉後沒多久，吳哥果然睜開了眼睛，精神也比剛才好上了幾十倍。我看到後都驚呆了。

「吳哥是吧？有甚麼還想做的就趕快了，時間不等人的。」
大叔跟吳哥說。

吳哥笑道：「嗯，我知道現在發生甚麼事。」

「但我不知道啊！」我轉過頭問大叔：「尚大哥你不是說不會延長他的壽命的嗎？」

「誰說我是延長了？我這是把他剩下來的生命都湊在一起，這才讓他暫時活過來！」大叔解釋。

吳哥把飯盒捧在手中笑道：「怎麼也好，我在走之前能再吃上一口飯也就滿足了。」接着他又轉過來對我點頭：「謝謝你了，小兄弟。」

吳哥拿起勺子慢慢地吃起飯來，在把整個飯盒都吃得乾乾淨淨後，他就心滿意足地躺在床上，撒手人寰了。

事後我失落地問大叔要不要超渡一下吳哥，免得他迷了路逗留在醫院當中。而大叔跟我說吳哥很清楚自己要去甚麼地方，所以就不用超渡了，我們能做的事都已經全做了，沒必要再感到難過。我聽到後雖然覺得大叔說的有理，但也只能苦笑一下來表達我的情緒。

今天……在餐廳裡我還是點了份咖哩豬排飯。

亂講話的代價

這一回的事主是由小葉介紹給我們的，名字叫阿成，是小葉的大學同班同學。最近他好像被甚麼東西給纏住了，聽說小葉也有過類似的經歷於是就求她幫幫自己，小葉見他面色的確很差於是馬上把他轉介給我們。

我跟大叔還是老樣子約了阿成在咖啡廳裡見面，在他出現時我被他那副憔悴的模樣給嚇到了，那黑眼圈真的已經可以媲美熊貓。阿成坐下後簡單的作了一番自我介紹，然後就開始跟我們講述自己所遇到的問題。

「我已經三天沒有睡過覺了。」阿成看上去好像快要支持不住的樣子。

「能說一下不睡覺的原因嗎？」我小心翼翼地問。

「現在我每次入夢都會夢見一個懸浮在半空的女人頭，在夢裡她張着半開的眼睛不斷的追着我，每當我從夢中驚醒時都會發現全身無法動彈，而且耳邊還會傳來一把女人的笑聲，聽起來感覺好像是在嘲笑我。」阿成閉上眼睛努力逼使自己去回想那段可怕的回憶。

鬼壓床嗎？我也有過類似的經歷呢，確實是挺可怕的。

「後來我發現只要不睡覺就不會作那種恐怖的夢了，一開始我是靠喝咖啡來提神的，效果還算不錯，但是在第二天晚上時咖啡因對我來講已經沒甚麼用了，現在的我是全憑着意志力來支撐自己不去睡覺，可是我覺得自己已經快要到極限了，尚師傅，求求你幫幫我，我不想再發那種可怕的夢了。」阿成苦苦哀求大叔幫忙。

大叔一聽就知道他撞邪了，於是就問他最近有沒有招惹過甚麼東西。

阿成想了想就說：「有，內地最近發生了一單殺人分屍事件，我嘲笑過那個女死者，說她死得活該。現在回想起來，在我夢中的那顆人頭跟互聯網上刊登的女死者照片十分相似。」

「人家都已經被人殺害了，你幹嘛還跑去嘲笑人家？死者為大，這道理還用別人教你嗎？」大叔聽到後馬上訓斥他，阿成聽到後知道自己理虧所以垂頭不語。

大叔在訓斥後就讓他把事情的前後經過全都如實報上，阿成只好灰溜溜的把前幾天上網的事慢慢說了出來。

那是一宗內地的新聞，女死者名字叫阿花，是一間小賣店的女老闆，阿花人不比花嬌但卻水性楊花，經常蒙着丈夫外出與其他男人鬼混，而且一走就是好幾天，阿花的老公呂先生生性懦弱，雖然知道自己綠帽子已經從頭頂套到腳底了，但仍然不敢對她有任何微言。

有一天，有個流浪漢發現在河邊的橋底下有一根用報紙包着，約有棒球棍那樣長度的物體，好奇心驅使下流浪漢走了過去把報紙拆開，結果卻發現是一條人腿！在他向警方報案後，市裡開始陸陸續續在不同的地方有人體的殘肢被發現，有的是在江裡被撈上來，有的則是被棄置於垃圾站中，殘肢經過鑑定後發現是屬於同一個人，而且是一名女性的，可是不管怎麼找也好死者的頭就是沒被發現。

過了幾天，有個老人去登山時發現有一個旅行包被人扔了路邊，老人見裡面鼓鼓的就以為是有人不小心把它遺留在這裡了，於是他就把拉鏈拉開想看看裡面裝的是甚麼東西，沒想到打開後發現裡面裝的居然是一個死不瞑目的人頭！老人差點沒被當場嚇死。

內地公安在調查其DNA後確定這人頭就是那些殘肢的主人，在經過其他鑑定後就確定女死者的身分就是開小賣店的阿花。很快的公安就來到了呂先生的家裡並把他拘捕起來。

呂先生被捕時沉默不語，甚麼話都沒有說，就好像根本不關自己事似的，而現場環境雖然被他清理拭擦過，但是經魯米諾測試後證實了小賣店就是第一現場同時也是肢解女死者的地方，而住在附近的居民都說過小賣店曾經有幾天突然無緣無故的不開門做生意。

鐵證如山，呂先生被警方以謀殺罪起訴並判處死刑。

根據呂先生的自白，妻子長年累月的給自己戴綠帽子讓他覺得自己一點尊嚴都沒有，有一天妻子又準備出去跟別的男人鬼混，呂先生終於忍受不住，他攔在門口不讓妻子出門，而女死者當然不依於是就跟他吵了起來，在跟女死者爭執過程中呂先生以往積累的怨氣一下子爆發了，他拿刀子把妻子活活的插死，然後把她肢解掉再分批埋在深山裡。

到這時問題就出現了，如果真如呂先生說他把屍體全埋了在深山裡的話這宗案子永遠都不會被揭發，因為阿花經常會因為跟男人鬼混而失蹤，要是阿花突然不見了大家都只會說她跟別的男人跑了，而不會懷疑她已經被呂先生殺害並埋掉。

然而屍體卻突然在市內不同的地方出現，從而揭露了這宗案件，而把屍體扔到市區的不是別人，正正就是呂先生

他自己本人！他說不知道為甚麼腦袋裡一直有把聲音跟他說一定要把屍體扔到市裡才會安全。

有人說呂先生在長時間受壓下得了精神病，而有些人則說是女死者的鬼魂在作祟，她不甘自己被殺於是就迷了呂先生的心竅讓他把自己的屍體扔到市區從而讓警方注意到自己的失蹤。

新聞到了這裡就結束了，阿成說他在看完這篇報道發表了自己的意見，他覺得女死者水性楊花給綠帽子自己丈夫戴，死了活該。而怪事就是在他說完以後就開始發生了。

大叔聽完後就覺得阿成應該是被那女死者的冤靈給纏上了，至於原因大概就是因為阿成嘲笑自己所以來報復他了。從他被鬼壓床時會聽到笑聲來判斷，那女鬼是以看到阿成恐懼的樣子為樂並同時嘲笑他以達到報復的目的。

一般來說由於距離太遠，這一類的靈體大多數都只能小打小鬧而已，不會對人造成甚麼大傷害。不過那叫阿花的女鬼生前所做的事的確是不怎麼光采，但充其量也只是道德問題，罪也不至死，阿成說她死的活該的確是有點過分了，難怪人家從大老遠的地方也要過來整你。

「尚師傅……那我現在該怎麼辦啊？」阿成苦惱地說。

「惹惱了別人當然是要道歉啊！這還用教。」

大叔讓阿成帶我們回去他的家，這樣大叔才可以替他進行儀式他把女鬼請走，阿成聽到後就明白大叔這是答應幫他的意思了，他那憔悴的臉上終於頭一回出現笑容。

在到達阿成家門前時，一個菲藉的女傭打開門迎接我們，我進去後往四周打量了一下，他家的面積少說也有一千多呎左右而且還請得起傭人，家底看起來算是不錯的樣子，相信他給大叔的酬金也不會少吧？大叔從蔡先生手上得到的賣符錢已經快用得七七八八了，前幾次的工作他根本都沒有收到甚麼錢，現在也該是時候賺點小錢來用了。

我們在脫了鞋子後就直接走進阿成的房間裡，大叔讓那菲傭待會兒不管發生甚麼事都不要開門打擾他，那菲傭雖然不明就裡但仍然點頭答應了。大叔說完後就關門並順手鎖上了。

「那麼尚師傳，我們現在該怎麼辦？」阿成坐到自己床上問到。

大叔想也不想就說：「很簡單，睡覺就行了。」

「睡……睡覺？」阿成驚呆了，過了一會他才緩回神來

說：「我們三個人睡這張床恐怕有點擠吧？」

我聽到後大驚，馬上就轉過頭去問大叔：「尚大哥，你這是要鬧那樣啊？我為甚麼也要睡？這是要桃園結義嗎？」

大叔白了我一眼說：「他理解錯也算了，倒是你發甚麼神經？我甚麼時候說要三個人一起睡了？都睡了誰幹活？」大叔用食指指着阿成後又說：「要睡的人只有你。」

大叔說完後就讓我在房間的四角安置紅蠟燭，而他則用紅線圍着門把繞了幾圈，然而阿成還是不解地問：「為甚麼非要睡覺不可？如果又夢到那女鬼我真的以後都不敢再睡覺了。」

大叔解釋說：「因為那女鬼只會在你入夢時作祟，所以為了方便把她請出來只能讓你睡覺咯。」

阿成聽到後疲累地點了點，然後說了一句「那就拜託你們了」就蓋上被子準備入夢了。可能是因為三天沒有睡覺的關係，他躺下來後還沒兩分鐘就傳來了陣陣呼嚕聲。

大叔在房間中央又點了根長紅燭然後就把左眼上的眼罩給解了下來，在所有準備都完成後他就把房間裡的燈關上，「啪」的一聲後整個房間馬上變得昏暗下來，現在這裡

就只有四角以及中間的蠟燭為我們提供着視野。

房間裡除了我跟大叔的呼吸聲外就只剩下阿成的呼嚕聲了，在他入夢沒多久後他就突然在床上掙扎起來，看來是在作惡夢了，與此同時四角的燭光亦「嚓」的一下全滅了，視野頓時變差。

「來了。」大叔手裡抓着黃符說，而我聽到後全身的神經都繃緊起來。

到底會從那裡出現⋯⋯那懸浮在半空的人頭。

但是等了一會兒都不見有甚麼動靜，於是我就壓低聲音問大叔：「不是說來了嗎？怎麼沒反應？」

大叔把手放在嘴邊比了一個安靜的手勢又說：「四角的燭光滅了就說明它來了，安靜一點。」

我只好回到自己崗位上等着，房間裡還是只有我跟大叔的呼吸聲，還有⋯⋯

慢着，阿成的呼嚕聲怎麼沒了？

我看了阿成的床鋪一下，發現原本呼呼大睡的他居然不

見了！我急忙向四周張望想把他找出來，可他房間沒有別的地方可以躲人啊？唯——個看上去可以收納一個成年人的衣櫃就在大叔的旁邊，但是這跟床鋪起碼有四步左右的距離，要是他跑到那裡的話大叔一定會發現的。

大叔彷彿看穿了我的憂慮，他用眼神瞄了床鋪一眼示意讓我再看清楚一點，我只好把目光再次放到阿成的床鋪上。

是不見了啊……被子的被翻了起來，裡面確實是空無一人，我再次望向大叔尋求指點，沒想到大叔剛剛讓我看的原來並不是床鋪的上面，而是……下面。

我這才留意到床鋪底下是空的，要說阿成剛才是趁着燭光滅掉的那一刻竄進了床鋪底下也並非不可能。

床鋪底下啊……我又想起了老爸在小時候給我講的鬼故事，床鋪底下總是各種可怕的妖怪躲藏的地方，要我選一個全世界最恐怖的地方我肯定是選床鋪底下。

現在那裡有起碼大半張的被子把底下給遮住了，我沒法看清楚阿成是不是躲了在裡面，而大叔又用眼神示意讓我把被子挪走，好看看裡面的狀況，我明白他的意思後就拚命搖頭。

我不幹！打死我也不幹！

但在被大叔數次怒目而視後我終於屈服了，被他那異色的眼睛盯着時會讓人有種渾身不舒服的感覺。

唉……只能硬着頭皮上了。

我戰戰兢兢的走到了床鋪前，正當我準備把被子拉開的時候床底下突然冒出了一雙手抓住了我的腳！我還沒來得及反應就被那雙手扯得摔倒在地上，而那手沒有想放開的意思，而且還不斷的想把我拉進床底下！

在我摔倒後我終於看到那手的主人，果然是阿成！他現在雙眼發着綠光，面目猙獰地想把我拉進去，我雙手用盡全力的頂在床鋪上才不至於立刻被拉走，但是他的力氣之大我根本撐不了多久，我只好大聲呼叫大叔讓他趕緊來幫忙。

而大叔看到出狀況後也三步拼作兩步走到我身邊把黃符貼在阿成的手上，阿成慘叫了一聲後雙手馬上就鬆開了，不過那聲音聽起來根本不是屬於阿成的，因為那是把女聲……

我感覺到施在腳上的力量減少後就立刻手腳並用的亂

撐着，務求讓自己盡快離開那該死的床鋪。而大叔沒有鬆懈，一下就把阿成的手抓着並將他從床底下拽了出來，當阿成曝露在燭光時他不但顯得相當痛苦，而且更胡亂揮動手腳想要掙脫大叔躲回去。

而大叔的手像是個鉗子似的緊緊的抓着了他的手不放，他一邊唸咒一邊把紅線繞到阿成的身上，而現在一身怪力的阿成被這根細細的紅線纏住後居然沒能掙脫。大叔愈是唸咒阿成就叫得愈厲害。

這時候那菲藉女傭好像在外面聽到有怪聲，於是就敲了敲門問有沒有甚麼事要幫忙。大叔見狀就叫我把門給堵住別讓她進來另外趕快女傭打發走。我就只好對着門外的她胡亂應了幾句，還好大叔事前有吩咐過，所以那女傭也不敢貿然把門打開，所以很快就走了。

要是讓她看到阿成現在這幅模樣不把她嚇死才怪……

過了沒多久大叔終於制服了阿成，他如今跪了在地上動彈不得，大叔把一張白符貼到他的額頭上時，他突然發出一聲怪叫，接着便兩眼反白後就暈死過去。

「呼……好了。」大叔用衣袖拭擦着額上的汗。
「好了？那靈體呢？送走了？」我癱坐在地上問到。

第十八章

「不。」大叔晃了晃手上的白符說：「在這裡。」

大叔讓我扶起阿成然後自己用拇指用力地按壓着阿成的人中，在他醒來前的這段空檔時間，我抱怨大叔一開始明明講過這種靈體只會小打小鬧，結果我卻差點沒被它嚇死。大叔就解釋是因為我們的存在不多不少會惹怒那些靈體，因為它很清楚我們來的目的是甚麼。

「你明知道它會發怒還讓我去掀被子！」我不滿地說。
「哎喲，你就別在抱怨了，你怎麼不想想若果是我被它撲倒了那誰來制服他？頂多我待會兒請你吃飯就是了。」

我想了想大叔所說的也不無道理，換作是我的話肯定沒法把阿成從底下扯出來。

過了一會阿成終於醒來，慢慢張開眼睛的他以錯愕的眼神望着我道：「你抱着我幹甚麼？我不是睡在床上的嗎？」

我白了他一眼後就把剛才發生的事全都告訴他，在聽完後大叔點了三炷香遞給了阿成讓他向白符裡的靈體道歉，阿成聞言後一一照做，在儀式完畢時大叔把白符燒掉並讓阿成向靈體的家鄉方向叩了三個響頭。

在這一切全都做完後，四角的蠟燭才重新的着了起來。

事情完結後，阿成十分高興的打電話告訴我們他睡覺時再也沒有被任何東西騷擾了，現在他每晚終於可以安心入睡，大叔告誡阿成讓他以後不要再亂說話，就算開玩笑也要有個度，不是甚麼「人」都可以讓你開玩笑的。

電話另一邊的阿成不斷稱是，在掛線前他還告訴大叔說自己已經把酬金打進了他的銀行帳戶裡，讓他查收一下。

第二天我跟大叔去銀行打簿的時候偷偷瞄了他的存摺一眼……果然富家子弟出手就是大方，裡面的錢都夠我繳好幾個月的房租了。

天黑黑回頭

鬼屋
壹
陰宅

【仲佑篇】

鏡子

「接下來要說的事情可能有點長，你們可以耐心的聽我說嗎？」愁眉苦臉的勇成說。

今年二十九歲的勇成是經由電郵聯絡上我跟大叔的，現在的他正被家中所發生的怪異之事折磨得寢食難安，我跟大叔接到他求救電郵後就把他約到咖啡廳裡見面，想多了解一下他所面對的問題。

「請說。」

大叔向前攤開一隻手示意他可以開始把事情的始末告訴我們，勇成見到後就點了點頭，然後把他這些天所遭遇的事情全說了出來。

事情由勇成回老家山西參加突然猝死的舅公的喪禮開始，他的舅公生前幫助過很多人，人緣非常好，所以很多認識他的親朋好友都願意放下自己手上忙着的事情回到山西來送他老人家一程，而勇成也不例外，他永遠也忘不了舅公在他小時候帶着他到處遊玩的愉快回憶，當時還是小孩子的勇成不管是嚷着要買甚麼吃的、玩的，舅公都會樂呵呵的實現他所有要求。

對於一個這麼疼愛自己的長輩，他人生的最後一程又怎能夠不來相送呢？

在看着火化場上裊裊昇起的青煙，勇成感到不勝唏噓，他沒想過原來人的一生只需十來分鐘就可以總結，也沒想過一個完好的軀體不用半個小時就化成了白白的骨灰。

為了讓自己以後可以多多想起這麼疼愛自己的舅公，勇成就去了舅公家一趟想看看能不能跟他家人要一、兩件他的遺物以作紀念。根據他鄉下的習俗，先人的遺物一般都會扔掉不要的，舅公家人想着：「反正都要扔掉，還不如送給這孝順的孩子。」於是他們就很爽快的答應了勇成的要求。

一開始勇成是想要走舅公經常拿到樓下跟人對奕的那副象棋，可是在他準備離開的時候，勇成發現在舅公房間的角落裡有一個用棕色布條包裹着的東西，按捺不住好奇心的他走上前慢慢的把布條揭開，發現裡面是一塊巴掌大的啞黃色銅鏡，勇成看到那鏽跡斑斑的鏡框後就推斷這是一面古鏡，於是他就拿着古鏡去問舅公家人能不能把這鏡子讓給他？

他們說這是舅公不知道在哪個地攤上淘回來的破鏡子，不值幾個錢所以勇成想要的話可以隨便拿走，勇成聽到後

就高興地把鏡子放在背包裡然後帶回來香港。

　　由於保存得還不錯關係，鏡面大小剛好能映出一個人的頭部，擦了擦灰塵後還能正常反映出勇成的樣子，於是他就把鏡子放到自己的書桌上的當眼處，這樣就可以方便自己懷念舅公和把它當成鏡子使用。

　　而就從鏡子進屋那一天起勇成就覺得屋子裡的氣氛變得怪怪的，獨居的他有時候在客廳裡看電視時會感到有一股視線從房間裡直盯着他看，剛開始他以為有賊進屋了，於是他就拿着地拖棍慢慢走進房間然後用飛快的速度把燈打開。

　　「滋滋……」白色的光管在閃爍了數下就照光了整個房間，可是裡面除了勇成外就甚麼人都沒有，而那股視線在燈光了以後也就消失了。在勇成把房間燈關掉後那被人盯住的感覺又出現了，勇成以為是自己太累產生錯覺，所以就沒把這當成是一回事。

　　後來他聽人說鏡子不能對着床的，而他書桌的位置剛好就在床尾，所以那面銅鏡就恰恰好就照着勇成的床鋪。勇成聽從朋友的吩咐鏡子在不用的時候就放在抽屜裡，等要用的時候才拿出來。

不過在他這樣做以後那被人盯着的情況不但沒有改善，而且那感覺隨着時間變得愈來愈強烈，到後來他簡直就覺得有一個人在他後腦勺那裡盯着他看，可在他回過頭時又甚麼都沒發現。

害怕的勇成開始產生把鏡子扔掉的念頭，可是礙於鏡子是舅公的遺物他一直狠不下心真的扔掉，每次走到垃圾房前的他都會因為不捨而拿着鏡子原路折返。

直到有一天夜裡發生了一件事讓他覺得事情已經不是把鏡子扔掉就可解決的程度，那一夜勇成從睡夢中醒來時發生全身無法動彈，而且在半夢半醒的他好像看到有一個模糊不清的黑影在自己身旁站着，那黑影撬開了勇成的嘴巴然後嘴對嘴的吸着他體內的氣。

驚嚇過度的勇成感到全身一陣乏力後就昏倒過去，第二天早上醒來後的他還以為自己作了一場惡夢，他抓了抓頭髮就打算去洗手間裡梳洗一下去上班，可在他離開的時候書桌上的一件物件讓他全身都起了雞皮疙瘩……因為原本應該放在上了鎖的抽屜裡的鏡子居然跑到桌面上。

更重要的是……在鏡子裡反映出來的根本不是勇成的臉，而是一個猙獰地笑着的男人！勇成被嚇得穿着睡衣就往門外跑，一直寄住在朋友那，不敢回家。

【仲佑篇】

「尚師傅，我現在該怎麼辦才好？」勇成擔憂地問大叔。

「嗯……依我的看法，那鏡子不是普通的鏡子，很有可能是埋在古墓裡的陪葬品，後來被人挖了出來最後輾轉到了你舅公的手裡。而那鏡子原先的主人則依附在鏡子以吸取活人的陽氣為生，你的舅公的死說不定跟那鏡子有關。」

　　大叔拿起裝滿各式各樣的法器的背包就讓勇成帶路去他家，在勇成戰戰兢兢的打開家門後我們三人都走進了這一間不到四百呎的單位裡。

　　而不知道是不是因為心理作用，我在進來後確實也感受到有一股視線盯着我們。

「尚大哥，怎麼辦？我好像也被盯住了。」我扯了扯他的衣角然後輕聲地說。

「你也能感受到視線也就說明這裡確實是出事了，不過這種小鬼不難驅除，我連眼罩都不用脫都能搞定，所以不用怕。」大叔把背包塞到我的懷裡後就自個兒拿着紅線往房間裡走去了。

　　我走到房間那探頭一看發現大叔用紅線把鏡子繞了起來，他在繞完後說：「仲佑，在客廳裡點四根白蠟，我要把裡面的那隻小鬼給趕出來。」

「在四角點嗎?」

「不用,大小剛好能放下這一面鏡子的就可以了。」

　　我聽到後就按照他的需要點起了白蠟,接着大叔把鏡子放在了四根蠟燭中間,他先把勇成請到屋外免得接下來的儀式把他嚇壞,在勇成離開後大叔就把全屋的燈全關掉,由於那時候已經入黑了,單位裡馬上變得十分昏暗,那面銅鏡在燭光的映照下變得相當的詭異,鏡身的影子像有生命似的不斷晃來晃去。

　　在準備完畢後大叔手裡拿着一道白符,嘴裡開始念念有詞讀着咒文,很快的鏡子裡的靈體就因為咒文的影響而使鏡子產生靈動,在地上像電話一樣震個不停的鏡子發出了「咣噹咣噹」的聲音。而燭光更在無風的情況下變得搖搖晃晃,一副快要被吹滅的樣子。

　　大叔的咒文很快就見效了,那銅製的鏡子在震度超越自己能承受的極限後居然「啪」的一聲斷成了兩半!我看到後都驚呆了!那可是銅啊!

　　此時一道黑煙從鏡子的斷裂位裡飄了出來,大叔不慌不忙的舉起了手中的白符,那黑煙就全被收入了白符之內。

　　大叔把手中的白符放到白蠟上一把火燒了,在白符燃燒

起來的時候我好像聽到了有老鼠臨死前所發出的吱吱聲從符裡傳出來。

「好了！你把委託人請回來吧。」大叔在完事後拍了拍手上的灰塵。

「就這麼簡單？」我還以為自己聽錯了。
「不是每次都要舞刀弄劍才算驅靈的，大鬼有大鬼的處理方法，小鬼自然也有小鬼的處理方法。」大叔大模斯樣的坐了在沙發上。

　　在勇成回到屋裡後，大叔讓他找個地方把鏡子的碎片給埋了，千萬不可扔到垃圾筒，勇成聽到後頭點得像雞啄米似的說自己一定會依他所說的照辦。

　　大叔在收完勇成雙手奉上的酬金後還告誡他像是兵馬俑或是唐三彩之類的東西是絕不能放在家裡的，因為兵馬俑是用殉葬用的，而唐三彩是陪葬用的，這兩樣東西都特別容易招邪所以不可以放在家裡當擺設。

　　而那鏡子就更不用說了，無論如何都不能買二手的，更可況勇成那一面都不知道易了多少手的古鏡？

天黑墨回頭

壹

厲鬼 陰宅

【仲佑篇】

天黑莫回頭

厲鬼 **壹** 陰宅

老爸篇

守夜

　　好久沒有回過家去找老爸，最近跟他聯繫的那一次就是在醫院裡打的那一通電話，這一天我不知道為甚麼突然有種想要跟他聊聊天的想法，於是就預先通知他晚上我會回來吃飯，順便探望一下他老人家。

　　我買了好酒好菜後就往老爸家裡走去，沒想到走到門口時就聽到家裡傳出吵鬧的聲音。我沒有急着按門鈴而是躲在大門後想偷聽一下家裡面到底發生甚麼事，結果很快就打聽到老爸又因為犯事而被母親大人在責罵了。

　　「你說！我兒子進了醫院你為甚麼不通知我！」母親大人聲音之洪亮就連隔着兩道門的我都能聽得一清二楚。

　　「你那時人還在日本嘛……我要是告訴你了的話，你在那邊還不急瘋了？」而老爸的聲音在有比較的情況下就顯得十分微弱，感覺就好像獅子和小貓在相互對嗆着。

　　「那你說！仲佑到底出了甚麼事了？」母親大人在咄咄逼問他道。

　　呵……老爸看來要完蛋了，他根本就不知道我是吃了許

小姐下的麻藥而住院的，因為當時他趕着去打麻將，所以沒有把我的話聽完。

「那個……好像是泌尿系統出了問題了，所以要留院檢查。」

　　…………你才泌尿系統出了問題！！！我看老爸你腦袋也出了問題！！！！

「哎呀……這樣啊？這孩子該不會在外面玩瘋了吧？你待會兒得好好說他兩句。」
「放心吧！包在我身上！」

　　你明明才是最令人不放心的那個！再說老媽你怎麼這麼輕易就相信了！

「都這麼晚了，仲佑怎麼還沒回來？不會是出甚麼事了吧？」母親大人的聲音裡帶着一點擔憂。

「你太多憂慮了，經常這樣對身體不好的。凡事應該往好的方向想，說不定仲佑他只是在來的路上被車撞到而已，沒事的。你別老是在想這想哪的，趕快去煮飯吧。」

「那倒是……」

居然附和了！？我真的是你們兩個親生的嗎？我是從垃圾筒旁邊撿到的，對吧！肯定是撿回來的吧？

快被兩老氣死的我不斷快速地按着門鈴，像是要把怒氣都發洩在無辜的門鈴上，而老爸聽到後很快就把門給打開了。

「喲？這麼巧？才剛剛講完你，你就到了。」老爸嘻皮笑臉的拉開了鐵閘讓我進來。

「老爸，被老媽發現你說謊的話，下次進醫院的可是你了。」我白了他一眼後走進了屋子裡。

老爸聽到後就急忙滿臉堆笑讓我別把他又跑出去打麻將的事告訴給母親大人，我奸詐地笑了一下：「那麼你應該懂得怎麼做了吧？」

「知道了，知道了，故事嘛，我會講的，而且知無不言，言無不盡，這樣總可以了吧？」

在吃飽後，母親大人在收拾碗筷，而老爸則扭開了白酒的蓋子給自己倒了一小杯，在三杯下肚後，他就開始給我講起當年上山下鄉時的故事了。

還記得你爸我當年十八歲，因為運氣不好被派到一個鳥不拉屎的窮小村裡種田，那時候的日子可苦了，早上天還沒亮就得起床，幹活幹到天黑才能回家休息。剛開始的時候，我腦子裡每天都在想怎麼才能逃離這裡去別的地方找活幹，不過因為工作太累的關係，我每天回家後連想這個的餘力都沒有，而我也沒想到後來幹着幹着就慢慢地習慣了這工作，所以逃跑的念頭也就被我拋諸腦後了。

我那時種的是米，所以一天三頓吃的全都是白米飯，雖然說剛摘下來的新米非常好吃，但是吃的時間長了沒有配菜來下飯還是會變得難以下嚥的。所以我經常會跟我當時一個叫武痴的好朋友上山去摘點野菜甚麼的來下飯，偶而抓到田鼠或者蛇甚麼的我們兩個都會一起分着吃，感情非常好。不過說是分的好像有點不太合適……因為我們兩個不論是誰找到吃的都會把對方叫來，然後看誰搶得比較快。

起初我是搶不過武痴的，因為那傢伙好武成痴，滿腦子想的都是功夫，而且一天工作結束以後我都快累成狗了，他居然還有多餘的體力去練招式。所以每次搶吃的時候在速度和力氣上我都比不過他，但是！你老爸我是動腦子的人，正所謂硬件拚不過別人就拚軟件，武痴把一切發展腦袋所需的營養都用了在肌肉上，所以他這人是不怎麼聰明甚至可以說有點蠢蠢的。而你爸我就不一樣了！我可是每天都絞盡腦汁，想盡辦法去偷懶的人，在軟件上的比拚我

【老爸篇】

是比較佔優的！

（這種丟臉的事別那麼自豪地說好嗎？）

　　於是我在每次吃飯時都會弄些小動作，比如說偷偷把他的碗啊、筷子啊甚麼的全藏起來，等他找到的時候我都快把東西吃了一半了。有時候則是在他的筷子上塗辣油，往往在他吃完第一塊肉後整鍋東西都是由我來消滅了，因為那時他肯定是在忙着找水喝。而最令我吃驚的是他一次都沒有懷疑過那些事情是我幹的，到今天為止我都不知道到底是我手腳太利索沒被發現，還是因為武痴他太蠢所以沒有發覺。

（一個太壞，一個太蠢。）

　　有一天我們兩個閒着沒事幹，又打算上山看看能不能找點甚麼東西吃，我們拿起了繩子和鏟子說走就走了，那天運氣不錯，被我在山路旁邊找到了一個兔子窩而且還從裡面掏出了一隻又肥又大的野兔，正當我們高興着晚飯有着落時，遠處突然傳來陣陣汽車的引擎聲。

　　我就在想「奇怪了，在這荒山野嶺的哪來的汽車？」，很快的一輛後方被黑布蓋上的大貨車就在我們的面前出現並駛過，那汽車經過時我能聞到有一股非常強烈的血腥味，

到最後不僅僅是聞到，我跟武痴都能看見有血從車的後方順着車牌流下，於是在車子駛過的地方形成了一條血路。

武痴看到我一臉疑惑就跟我說：「發甚麼呆？第一次看到運屍車嗎？」

「運屍車？甚麼運屍車？」
「就是運送屍體的車啊！山的另一邊是個刑場，三不五時就會處決犯人，而那些犯人的屍體就是由這車運去別的地方處理的。」

我聽到後就樂壞了，哇靠，我從來都沒看過死刑。這玩意實在太刺激了，我讓武痴帶我去刑場走走，結果被他劈頭就罵：「神經病，殺人有甚麼好看的？待會兒被那些冤魂纏上了怎麼辦？再說運屍車都走了，也就是說已經處決完畢，你去到那裡也沒甚麼好看。」

我覺得武痴這回說的還真有那麼一點道理，既然運送屍體的車都走了也就是說那裡已經沒戲好看了，去了也是白搭，所以我只好把這念頭給打消然後提起剛抓到的野兔準備跟武痴一起下山回家。這兔子還真不老實，已經被我用繩子牢牢綁緊了但四肢和身體仍然在不斷的掙扎着。

「喂，武痴，注意一點別踩到血。」我提醒着走路從來不長

眼的武痴說。

「咋了？武爺我平常就是這樣走路的。」武痴一臉傻乎乎地說。

「血，晦氣，死人的血，更是晦氣。」我出於好意地再三提醒武痴，可是他根本聽不進去，繼續視地上的血跡為無物繼續大搖大擺地在路上走着。

把這看在眼裡的我就只能搖頭嘆氣，心裡想着你這傢伙要是被甚麼纏上了老子我可不管你。

我們就這樣一個大咧咧，一個小心翼翼的走着回小村，在快要抵達小村時手上的兔子突然猛的一晃從我手上掙脫並滾到了旁邊的草叢裡。我罵了一句就俯身彎腰想把兔子給抓回來，不過我的視野被長得又高又茂盛的雜草給擋住，只能靠聽牠因扭動身體掙扎時和雜草產生的「沙沙」聲來確認牠大概的位置。

草叢裡有很多虱子和其他不知名的小蟲子，我的手臂和脖子很快的就被咬得腫起了一個又一個的包，癢得我快要忍不住了。而在旁邊看着的武痴等得不耐煩終於開口讓我趕快把兔子抓回來然後走人，天馬上就要黑了。

我聽到就嗆了回去，讓他今晚若是還想吃兔肉的話就趕緊來幫忙找，不然待會牠掙脫了繩子大家都沒得吃，武痴得知到嘴邊的兔肉可能要飛走時，縱使心中很不情願但也走進了草叢裡幫忙搜索。

「沙沙……」

奇怪，這聲音明明就是在這附近，怎麼我就是找不着？正當我疑惑着的時候，武痴卻得意洋洋地大聲說：「嘿！被我找到了，耀祖你看你多沒用，找個被綁着的兔子都要找半天。」

怎麼回事，那聲音並不是從武痴那邊傳出來的啊？我正想開口嗆回去的時候武痴舉起了他從草叢中抓到的東西。

不過……那不是兔子…而是一條染滿了血的人腿。

武痴發現自己居然是提着一條人腿後立馬就把它給扔掉並跳出了草叢並驚慌地指着裡面說：「腿……腿，人腿啊！」

我雖然膽子大但此刻也不敢走過去撥開草叢一探究竟，由於村子就在不遠處於是我跟武痴兩人就一路狂奔跑回了村子跟上頭報告了這件事，村長見我們兩個神色凝重不像是開玩笑，於是就叫上了兩個壯丁讓我們倆帶他去現場看看。

到了那裡以後，那兩個壯丁就從草叢裡搬出了一具血淋淋的女屍出來，看樣子是死了沒多久而已。武痴見到後就問：「這女人是不是從運屍車裡掉下來的啊？」

我打量了屍體脖子上那長長的傷口以及身上的打扮後說：「我看不像，一來那車子從來都不經這裡，二是這女人身上的打扮不像是個死囚，三是我沒聽過那個刑場是用割喉的方式來處決犯人的。」

如此推斷是出殺人事件了，不過女死者身上的財物全都還在身上，看來並不是單純的殺人搶劫案。由於事態嚴重，村長派了人去隔壁村的派出所裡找人來處理。不過被害人不是我們村子裡的人，在家屬來認領前我們不能私自把她給埋了，只能放在村外的一家義莊裡等人來把她領走。

村子裡的人聽到村外有人被殺後就像炸了窩似的，每個人都想要去看看那女死者到底是甚麼樣子的，可是村長怕兇手還會找別人下手就讓村民趕緊回家鎖好門窗，天黑了就別再外出。同時他更讓一些壯丁晚上在村子裡巡邏，看看有沒有可疑的人出沒。

「你們兩個，今晚就去義莊裡住吧！隨手幫忙照看那女屍，別讓野狗啃壞了。」在鄉公所裡村長指着我跟武痴說。

「啊?為甚麼啊!我不要!」武痴聽到後心裡有一萬個不同意。

而我更是不情願了,平白無故的碰上死人已經是要倒霉的先兆,要我再跟這冤死的女人的屍體住上一晚,真是多多神仙都保佑不了我啊⋯⋯

「沒辦法,現在義莊那邊沒人照管,我們又不能把屍體擱在那裡就算,要是被野狗啃壞了,家屬來認領時我們不好交待。」村長給我們解釋道。

「要是那殺人犯找上門來了,我可怎麼辦?」我問。
「你們兩個都是年輕力壯的小伙子,怕甚麼,有事就趕緊跑!」

「我不管!要不我也幫忙巡邏好了。」武痴還是不依。而村長已經因為自己工作量突然增加了而有點煩燥,聽到武痴還在囉囉嗦嗦後就說:「巡邏的人已經有了,總之今晚你們兩個就負責看守義莊,這是命令,不要再煩我了。」村長講完後就讓我們兩個立馬出發,不得有誤。

武痴跟我只好灰溜溜的走出了鄉公所,我看着從別家飄出來的炊煙說:「唉,已經到嘴裡的兔肉都被摳了出來,還落得守屍這種苦差事。最重要的還是要跟你一起守,屌。」

「我還不跟你一樣！你吵個屁……」武痴聽到後馬上還擊，就這樣我們兩個人吵吵鬧鬧的頂着月光走到了村外的義莊去。

　　義莊那裡破破爛爛的，從遠處看不難發現屋頂已經破了好幾個大洞而且房子四周都佈滿了蛛網，我跟武痴站在門口凝望着這陰陰森林的義莊不敢走進去。

「喂，耀祖，你不是說自己懂一點驅魔除妖之術，不如你先請吧。」武痴目不轉睛的看着義莊跟我說。

「放屁！你也不是常吹噓自己的武功打遍天下無敵嗎！怎麼你不先進去？」
「我的無敵只限於人類啊！裡面要是有甚麼妖魔鬼怪就只能靠你了。」

　　哎，這傢伙就是靠不住，村長應該是早知道這一點才讓我陪他來守夜吧。

　　若是再互相推來推去的話，天亮了恐怕我們還是待了在門口沒有進去，凡事都得有人開頭，這一回怕是要由我來帶頭了。我壯起膽子拿着手電筒打開了義莊大門走了進去，門被打開的那一刻發出了「咔咯咔咯」的聲音，同時間有一股發霉的味道傳進了我們的鼻子裡。

我拿着手電筒四處照着時發現有一副破舊的棺木正安穩地放了在義莊的中間，如無意外那中午發現的女屍應該正在裡面躺着。

為了讓自己心裡安穩點，我早已在左手的小指上綁上了紅線，而脖子上也掛好了張神算給我的用來關閉天眼用的佛牌，現在紅線沒有收縮也就是說這裡沒有靈體存在。

義莊是用來放置屍體，守夜的人要是累了可以到旁邊的那一家小屋裡稍作休息，不過我跟武痴兩人壓根就沒打算在這裡守夜，只想到那小屋裡睡個一晚上就權當是交差了。

就在我準備轉身離開之際，武痴突然拉了拉我的衣袖並指着棺材說：「耀祖，你看，那棺材板好像沒蓋好的樣子，要不要去看看？」

我馬上後白了他一眼：「死人又有甚麼好看的？你若是怕悶着沒事幹今晚就在這裡睡吧！我可不管你了。」說罷我就又準備走了，可是武痴仍然死死抓着我的衣袖不放。

「不行，村長說過別讓屍體被野狗、老鼠跟啃了，現在那蓋子沒蓋好說不定屍體在我們來之前就已經被牠們啃過了，要真是這樣我們明天怎麼跟村長交待？我看我們還是檢查一下再去休息比較妥當。」武痴一本正經的跟我說。

唉，這人就是死腦筋，喜歡沒事找事幹。可我聽到後也找不到理由推辭只能乖乖的提着手電筒往破棺材走去。

「喂，武痴你別老拉着我，這樣不好走。」我甩開武痴的手然後徑直走到棺材前面。

　　那女屍不會突然撲出來吧……我懷着忐忑不安的心情用空出來那隻手把棺材蓋給推開後馬上用手電筒照了進去，那女人的屍體果然是安然無恙的躺了在裡面，不過她一副死不瞑目的樣子，眼睛張着大大的直盯着屋頂。在手電筒的燈光照射下她那張死人的臉就顯得更加慘白。

　　我看到後心裡馬上罵了一句有沒搞錯……村子那幫大老粗果然不懂得要幫死人蓋上眼簾。

「怎麼樣？有沒被啃壞了？」武痴別過頭眼睛閉得牢牢的不敢看過來。

「你怕甚麼啊？中午不就已經見過一次？」
「中午跟晚上怎麼可以相提並論！趕快了！我想走啊！」

　　嘖！還不是你讓我來檢查的？現在又吵着要走。於是我就快速地掃視了女屍一眼，發現屍身上除了脖子上那深深傷口外就沒有被啃過的行跡了。我本着好心就一邊唸着阿

彌陀佛，一邊幫女屍合上了眼簾，這樣她的遺容也會好看一點，不會那麼容易招邪。

在完事後我把棺材重新蓋好然後就領着武痴到旁邊的小屋休息去了。

我們兩個打開小屋的門時，因為動作太大把天花上的灰塵都震了下來，一時間小屋內灰塵四濺嗆得我跟武痴兩人不停咳嗽，我摀着口嘴用手電筒照了一下來看看裡面的環境，我發現天花中央還有一盞燈，作為開關的線在半空中晃來晃去的，於是我就走上前拉了拉結果那燈沒有亮起來，不知道是因為裡面的鎢絲斷了，還是這裡根本就沒有電接過來。

我沒有帶蠟燭過來，一直用手電筒的話恐怕很快就會沒電了，所以只好跟武痴出去外面撿些枯枝燒來照明，反正義莊外全都是樹不怕沒有燒的。而武痴雖然不情願但是怕黑的他更加不能接受在黑乎乎的小屋中待上一晚。

來到外頭，我吩咐武痴別走太遠後就自個兒彎腰在撿樹枝，今晚的月色不錯是個滿月，外面的能見度還是可以的。那時候的環境相當安靜的，沒有汽車或者其他的噪音，在野外能聽見的就只有一些不知名的鳥叫聲和一些蟲子的鳴叫。

很快的我們就撿到了一大堆枯枝，但沒想到在我跟武痴回去的途中，他突然看到草叢中有一雙發着綠色的眼睛在盯着我們！我看到後馬上倒吸一口冷氣，該不會是碰上野狼了吧？

　　那雙眼睛慢慢的開始從草叢裡移動並向我們接近，未幾，一個黑色的物體就從草叢裡跳了出來。

「喵嗚……」

　　原來是一隻黑貓啊……差點沒被嚇死，而武痴看到是黑貓後也舒了一口氣，接着他居然蹲了下來開始逗弄那貓想跟牠玩，我看到立馬扔掉手上的枯枝衝了過去阻止他。

　　我一掌拍到他背後說：「你傻丫你？黑貓能隨便招惹的嗎？」

　　武痴被我罵了以後一臉無奈地說：「不就是隻貓而已，有那麼嚴重嗎？」

　　我抓住他的耳朵哄了過去小聲地說：「你這蠢貨……靈體最喜歡就是附在動物身上借牠們的身體來觀察目標，你要再不走被甚麼遊魂野鬼纏上了我可不管你！」

武痴聽罷馬上一個小跳步遠離那黑貓，嘴裡還輕聲唸着有怪莫怪。

　　我們在回到小屋後就生起一個小火堆，小屋裡頓時就敞亮多了，我跟武痴坐在火堆旁邊吃着從家裡帶來的大餅，乾巴巴的一點都不好吃，還沒吃完喉嚨都快要渴死了，我們沒有帶水來只好一邊抽煙一邊吃餅，感覺舒服一點。

　　在吃完餅後，我們在地板上放了一塊布就直接躺在上面睡覺了，不過在上面輾轉反側了很久都無法入睡，現在回想起來，在這種就只有死人才能睡得着的地方，我們這些大活人能睡得着才怪！

「耀祖，現在甚麼時辰了？」躺在旁邊的武痴問我。
「大概子時左右吧……」我憑自己的感覺說。

「媽啊……快點天亮吧……我好想回家。」武痴開始抱怨起來。

「咔嚓」

　　突然間，義莊那邊好像傳來了奇怪的聲音，我就馬上噓了一聲讓武痴安靜下來後就豎起耳朵集中精神。

義莊方向先是傳來了一陣木板與木板磨擦的聲音，然後就是一聲沉重的「咚」。

　　那聲音聽起來……感覺就像是棺材蓋子被移開後掉到地板上的聲音。

天黑黑回頭

鬼屋

壹

陰宅

【老爸篇】

化殭

　　我在聽到義莊那邊傳來奇怪的聲音後就馬上爬了起來，武痴看到後就問我：「這大半夜的，你起來幹嘛？」我沒有理他，自己抄起手電筒後就躡手躡腳的走出了小屋，而遲鈍如他也察覺到有狀況發生於是就跟著我離開小屋。

　　甫從小屋的門口踏出，我們就看到有燈光從義莊裡傳出來，我心裡想着義莊那裡明明沒有燈，為甚麼會有光？

　　為了尋求真相我跟武痴兩人摸着黑，小心翼翼避免發出任何聲音慢慢地走向義莊。在走到義莊的左側後我們兩人貼着牆邊慢慢往窗戶底下走去，我是想從這個位置偷看裡面到底發生甚麼事，要是真遇到屍變時就不管三七二十一拔腿就跑。

　　在走到窗戶下面時，一把沙啞的男人聲就從義莊中傳出來，我跟武痴好奇地在窗戶那探頭偷看，結果卻發現聲音的主人居然把棺材蓋子給推開了！自己則爬進棺材跨坐在女屍身上，而我們在外面看到的燈光是他拿來照明用的火水燈所發出的。

　　雖然那男人的臉我不是看得很清楚，不過看到他滿臉都

長滿了麻子後我就想起了鄰村有個非常好色的男人也是長成這個樣子的，我依稀記得他的名字好像是叫李麻子。

李麻子本名不明，但是由於小時候生了一場病讓他滿臉都長滿了麻子後，別人都叫他麻子，慢慢的他原來的名字就被人遺忘了。由於長相恐怖他一直都沒女人肯嫁給他，所以他到了四十歲還是獨身一人。而他因為沒有老婆所以經常會在村子裡調戲別的女人，老的，嫩的，有家室的，守寡的全都不放過，害得村子裡所有的人怕了他，直到他有一天跑去非禮村長十歲大的孫女後被村長派人把他趕出村外，從那天起他就在野外搭了一個小房子住了起來，並且開始做些鼠竊狗偷之事。

我之所以聽過這個人的傳聞是因為我那村子的女孩去鄰村辦事情時曾被他那祿山之手偷襲過，從此以後他的壞名就在我們村子裡流傳開來。每個到那裡的辦事的女人都會十分小心避免遇上他。

可是這人好色歸好色，這大半夜的來到這裡到底想幹甚麼？

武痴拉着我蹲了下來然後小聲地跟我講：「喂，那人不是鄰村的色鬼李麻子嗎？怎麼跑到這裡來了？」

「該不會他就是殺害那女人的兇手吧？我看他這個點跑到這裡來肯定是想毀屍滅跡的！」

武痴聽到我說李麻子可能就是殺人兇手後就高興起來：「要是我們能抓住他的話，肯定能從村長那拿到不少賞錢！」

「可是他身上可能有刀子的，你不怕啊？」
「怕甚麼？我們兩個人還打不過他一個嗎？現在動手吧？」武痴已經有點按捺不住的感覺，果然這傢伙仗着自己會點武功就不把任何人放在眼內，更何況我們現在有兩個人，他更是有把握將李麻子拿下了。

我聽到後搖了搖頭說：「還是別輕舉妄動，再看看他到底想幹甚麼再說吧。」

這時候從義莊裡傳出了李麻子解開褲頭的聲音，我心裡有種不妙的感覺……

我跟武痴再次伏在窗邊偷看李麻子，他居然在用手在溫柔地撫摸着女屍的身體並且同時用他那不男不女的聲音在說：「小雅啊，以前摸你的時候你都不會這樣僵硬的啊？是不是太冷了？你看你都快要冷壞了，看，手都冰冰冷冷的，要不要我給你一點溫暖啊？」他淫笑着抓着女屍的手往

自己跨下伸去。

我跟武痴看到這一幕後都快要吐出來，這李麻子肯定是失心瘋了！不但跟屍體講話而且還用她的手來……我們實在是看不下去了，急忙閉上眼睛又再次蹲了下來，而屋子裡開始傳出了李麻子興奮的呼吸聲……

「我屌……不用想了耀祖，這人肯定是李麻子殺的，只有像他這種變態才會做出這種喪心病狂的事，我們趕緊抄傢伙衝進去殺他一個措手不及吧。我實在是受不了他做這種事了！」

正當我想點頭的時候，屋裡面的李麻子又講話了：「小雅啊，你的眼睛真是又大又漂亮啊，你這樣盯着我看的話，我會不好意思的，我幫你把它們合上吧。」

我怔了怔，眼睛不是被我合上了嗎？李麻子怎麼會說那女屍盯着他看？如果他不喜歡屍體看着他的話，自然就不會把我合上的眼簾重新打開，而現在看來屍體的雙眼不知道為甚麼又打開了……

想到這我心裡暗叫一聲「不好！」根據張神算給我的那本書裡所記載的，屍體開眼是要屍變的先兆！看來李麻子在女屍身上所幹的事惹毛她了，本來她就是冤死之人，現

在李麻子又幹這種天誅地滅的事再次加重了她的本來已經夠多的怨氣。

女屍就像是準備爆發的火山一樣，如果現在讓她碰到活物的血的恐怕就會馬上化殭害人。

武痴已經在我旁邊磨拳擦掌一副已經準備好衝進去大幹一架的樣子，而我也覺得該讓事情在還沒惡化前就解決掉，於是我點了點頭示意讓他行動，正在我們想要衝進去的時候，剛才武痴想要逗弄的那隻黑貓突然從暗處撲出！牠以迅雷不及掩耳之勢從我們兩個中間經窗戶跳進了屋子裡。

由於事出突然，黑貓經過武痴腳邊時把他嚇得哇哇大叫，這一下就驚動了屋子裡面的李麻子，他警惕地向在屋外的我們喊了句：「是誰！」我跟武痴見行蹤已經敗壞就想從正門直接攻進去，在我們快到門口時忽然聽到李麻子好像在跟甚麼東西在糾纏着，只聽他怒罵了一句滾開後就傳出了一聲貓的慘叫聲。

我們來到門口後只見李麻子下身光溜溜的跨坐在棺材裡，而不同的是他現在手上拿着一把染滿鮮血的匕首，棺材旁邊多了一具黑貓的屍體。

看到我們的出現後李麻子驚慌地問：「你……你們兩個到底是甚麼人！」

武痴看到他一副狼狽相後就樂了：「李麻子！武爺我今天就是替天行道來了！你這殺人兇手殺了人還不夠，現在還對屍體做這種不知廉恥的事……我呸！你這樣對得起黨對你的栽培嗎！對得起我們祖國千千萬萬的……」

武痴又不知道在發甚麼神經了，每次他一這樣最起碼也要說上一個小時以上，平常他一嘮叨我就當作收音機來聽也就算了，不過這回可不能這樣子。我打住了武痴的廢話讓李麻子趕快從棺材裡出來，不然要出大事。

而李麻子根本沒把我的話聽進去，他慌慌張張地提起褲子想要逃跑，而這時候我看到有一滴黑貓血順著匕首的刀鋒慢慢的滑落，並滴到棺材裡的女屍臉上……

剎那間陰風四起，義莊內的紙錢被吹得猶如落葉一樣四處飄揚，屋內突然在半空傳來一把女人的尖叫聲，那聲音叫得撕心裂肺的直叫人頭皮發麻，而李麻子帶來的那火水燈閃了幾閃後就滅掉了。

而火水燈熄滅的同時我就把手電筒給打開了，而在女人的尖叫聲伴隨下我小指上的紅線以強勁的力度收縮起

來⋯⋯雖然不想看到那些鬼鬼怪怪，可如果我在這時候不把天眼打開的話就根本沒法知道對方會從哪裡攻來，那麼我們就處於一個被動的狀態，這很可能會導致我跟武痴命喪此地，於是我當機立斷用手猛的把頸上的佛牌給扯了下來。

在佛牌從我脖子上離開的那一瞬間，眼前的景象突然變得白花花一片，過了大概三秒後我的視力就回復到正常水平，不過此刻的我見到有一縷人型黑煙正從黑貓的屍體上不斷湧現並飄向女屍被其屍身所吸收。

此時我就知道要出大事了，還記得我以前跟你講過有人上吊後，其上吊處的地下都會有一塊黑似木炭的人魄嗎？那股黑煙不是甚麼別的東西，正正就是那女屍的魄！

人的身體由三魂七魄主宰，人之魂善而魄惡，所在人死的時候魂散了但魄還留在屍身時就會化為殭屍害人。而這女人死的時候這黑貓恐怕就在附近，所以她的魄就依附在黑貓身上，而黑貓現在死了她的魄也被解放出來，同時間她身上強大的怨念就把魄再度往自己身體裡拉。

很快女屍外露的皮膚就長滿了黑毛並化作了「毛殭」，一般來說新屍突變的話都是混身長滿白毛的「白殭」，但是現在這具剛死了才不過一天的女屍居然是化成了比白殭要

更凶猛的「黑殭」，可見其怨念之深。

　　只見那黑殭張着赤如朱砂的雙瞳慢慢的從棺材裡站了
起來，在棺材旁邊還提着褲子李麻子被嚇得拔腳就跑，可
是由於當時環境陰暗李麻子他沒留神腳底下結果就被地上
的異物給絆倒了，他倒下來的時候太陽穴重重的撞到棺材
的邊角，接着就昏死過去。

　　殭屍通常是發現到人的氣息或者呼吸才會攻擊的，而暈
倒後的李麻子變得氣弱如絲，因此這一撞反而救了他一命，
要是他沒有暈倒的話恐怕就會到處亂跑而死在黑殭的手上
了，所以我都不知道該說他是運氣好還是倒霉。

　　我跟武痴兩個無辜的人現在反倒是成為了黑殭的目標，
黑殭雖然比起白殭要來得凶猛但通常還是不會直接與人對
抗的，不過今天是個滿月，殭屍在月圓的時候力量要比平
日的來的要強，所以這黑殭仗着有滿月的加持下從棺材裡
直往我們兩個飛撲過來。

　　我見武痴在黑殭飛撲過來的時候居然毫無反應，就猛的
一下把他推開避免他被黑殭直接撲倒。在黑殭撲了個空後，
我朝倒在地上的武痴大喊着讓他趕緊閉起氣來以免被那黑
殭發現自己的位置，但是我都還沒說完就聞到了一股尿羶
味從武痴那邊傳來。我用手電筒一照看見武痴的褲襠那邊

【老爸篇】

濕了一大片而且還順着褲管流到了地上。

他媽的，這沒用的傢伙居然嚇尿了！

（咳咳……我記得某人好像也曾經有過類似的經驗。）

那怎麼可以相提並論？當年我跟着張神算的時候才十來歲而已被嚇尿了也是情有可原的，武痴那傢伙可是已經是個成年人了！

更重要的是武痴這一尿害得自己閉氣也沒有用了，因為即使沒了氣息那黑殭肯定也能順着那尿羶味找到他的位置，我總不能把他拋下不管吧？結果就是他害得我也不得不在沒經驗、沒法力、沒工具的情況下跟那黑殭搏鬥。

殭屍最怕的糯米、黑狗血、甚至是任何一件加持過的法器我手上都沒有，不過就算給我以上任何一樣的工具我也沒有能夠百分百能擊退這黑殭的把握，就更不要提讓我徒手跟這黑殭搏鬥了，所以我見那黑殭撲了個空後就急忙拉着已經嚇癱的武痴拔腳就跑。

（欸？那李麻子呢？）

我還哪有空管他！原本以為只是要守夜而已，沒想到被

李麻子一攪和居然會弄成這樣子，我當時心裡想着要是張神算在的話那就好了……

「武痴！你自己腳也要動啊！我拉不了你多久的！」我在穿越樹林的時候跟軟得像爛泥一樣的武痴說。

「完了……完了……這下我們兩個都得玩蛋了。」武痴雙目無神地說。

我聽到後就心知不妙，武痴已經被嚇得放棄求生了，我只能拚命拉着他往樹林的深處逃去，由於我把天眼給打開了，在逃跑的過處中我看到樹林裡充滿着各種各樣的鬼鬼怪怪，吊死鬼、餓死鬼甚麼的都有，這些靈體恐怕是之前死於此地的人，它們見我倆在緊張地在逃跑後就開始阻撓我們，紛紛飄到我們身邊團團轉想讓我跟武痴兩人在樹林裡迷失方向。

我頓時無名火起：「媽的！全都給老子滾開！不然老子有命活着到日出，老子第二天就回來把你們全都收了！」

人在生氣的時候身上的三把火會燒得更旺盛，特別是像我那樣充滿陽剛氣色的小伙子，這他媽的一吼就把那些想要作祟的靈體給趕跑了。

我雖然體力不及武痴，但靠耕田練回來的力氣可不是擺着看的，在帶着武痴這個負累下我還是暫時把那黑殭給甩掉了。在樹林裡走了不久我聽到附近有水流動的聲音，於是就加快了腳程往水聲的方向走去，果真走了沒幾步就有一條小河出現了在我的面前。

　　我心中頓時大喜，我推了推武痴讓他趕緊把褲子脫了跳進水裡面把那尿殭味給洗掉，但是武痴還是那種魂不附體的狀態，於是我就開始講話刺激他想讓他再次重燃起求生的慾望。

「喂！武痴！」
「完了……完了……還是死了算了。」武痴雙目仍然是毫無生氣。

「要是死了，你就再也見不到隔壁村的小倩了。」小倩是武痴當時正在迷戀的一個女生的名字，不過武痴平常傻呼呼的，人家看他不上眼，但是這一點都無阻武痴對她的愛。

「小……倩？」武痴聽到這名字後眼睛馬上就恢愎生氣了。

「算了，反正你都不想活了，我會好好替你照顧她的，你就安心的……」我都還沒說完武痴就像隻大金剛似的搥着胸站了起來大吼：「不行！！！！你敢碰她我就跟你沒

完！！！」聲音之大就連旁邊大樹上的樹葉亦被震落。

　　好了……總算是緩過來了。武痴由於頭腦簡單所以不用跟他講甚麼大道理，因為他根本就不會聽懂，反而講一些他重視的東西更能激起他的求生意志。

　　這時候樹林裡開始有物體跳動和落葉被踏的聲音，我讓武痴把褲子脫下來交給我然後就趕快跳進河裡面沖洗一下，在武痴沖洗的時候，我看到他身上那猶如鋼鐵般的肌肉就想起他之前曾經試過赤手空拳把一根手腕那麼粗的樹枝給打斷，我這就尋思着靠他的武藝說不定能夠跟那黑殭一拚。

　　於是我就把自己的想法告訴給了武痴，他起初聽到時馬上搖頭不幹，可當我提到我們要是扔下這黑殭逃跑後，它說不定會跑到隔壁村子把小倩吃掉時武痴就猶疑了。他思量了大概兩秒左右就點頭同意要在這裡就把這黑殭給消滅掉，免得它為禍人間。

　　為免手上再次沾上尿羶味，我撿了根樹枝把武痴脫下來的褲子挑到樹林裡然後就跟光着屁股的武痴躲到一旁等着那黑殭過來。要是真按着我的計劃去實行的話，要打倒那黑殭也不是夢話。

　　我記得武痴曾經說過自己學的那套功夫叫「八極拳」，

天黑莫回頭

厲鬼
壹
陰宅

【老爸篇】

是一種剛猛暴烈的拳法，以動作乾脆俐落，爆發力強為其特色。這黑殭脖子上還有一道生前被人用刀深深割開的傷口，這是一般殭屍身上沒有的弱點，要是武痴能接近它身邊的話出盡全力給它的頭來上一拳的話，說不定能把它的頭給打下來。

過了一會後，物體跳動和落葉被踏的聲音愈來愈接近了，而樹林中出現了兩點紅光在半空中上下晃動着，我知道那是黑殭赤紅的雙瞳，在它跳起來移動時眼睛就會這樣上下的跳動着。在它差不多來到我們附近後，我跟武痴都同時閉起氣來，讓黑殭的注意力被充滿着尿羶味的褲子給吸引過去。

果然真如我所預料的一樣，黑殭來到褲子旁邊時想也不想就飛撲過去，可那只是一條褲子而已，它理所當然的跌了個狗吃屎，在它重新站起來的時候我見時機一到就讓武痴閉着氣衝了上去。

只見光着屁股的武痴一個拖拉步就來到了黑殭的身邊，他握緊了拳頭把全身的力氣都集中在腰、臂和拳頭上，然後由下至上的拉了一個滿弓往黑殭的下頜老老實實打了一記八極拳中的「崩拳」，那黑殭還沒來得及反應腦袋就跟身體分了家，它的腦袋在撞到樹上經反彈後滾到了我的腳邊，我想也不想搬起一塊大石把它砸爛。

在完事後我跟武痴都喘着大氣坐在地上休息，武痴跟我說它生前已經被人割喉殺害，死後也不得安寧被李麻子搞了一回，現在我們又把它的頭給打掉，這樣對它豈不是太可憐了嗎？

嗯……雖然我也覺得這女人的確是很可憐，但是只要有了加害人之心不管是甚麼理由都不能放過，這……是張神算當初教我的。

死刑

第二天晨光初現，我跟武痴就馬不停蹄地跑回村子，李麻子已被我們用繩子牢牢的綁了在柱子上，用不着擔心他逃跑。我們甫進村子就逕直闖進村長的家裡大吵大鬧，把他老人家給吵醒了，他聽完我們昨晚的經歷後劈頭就罵我們發神經，別在他的村子裡搞甚麼封建迷信的事情。直到我們將他領到無頭女屍身邊，他那強硬的態度才叫軟來了一點點。

「這女屍身上的黑毛到底是怎麼一回事？」村長錯愕地上下打量着女屍：「該不會是你們兩個惡作劇粘上去的吧？」

「哇靠！村長你別開玩笑了！我們兩個大男人把身上的毛都湊在一起也比不過它啊！」武痴眼睛睜得大大地說。

「村長，我們兩個確實沒有騙你，我從來都不會拿死人來開玩笑這一點你應該很清楚才對。」我認真地看着村長說。

來到這裡後，村子裡死了甚麼人我都有幫忙去超渡的，而村長他是很清楚我雖頑劣但是也不會做給屍體粘毛這樣缺德的事。村長看了我一眼又瞧了瞧那女屍，然後就搖頭道：「罷了罷了，你們兩個趕緊把它給燒了，家屬那方面

就由我來應付吧。」

　　我們兩個不敢怠慢，馬上找了幾個村裡的人出來幫忙把
女屍火化了，在它被火焰吞噬的時候火堆裡傳來了一股濃
烈的惡臭味，那味道至今我都難以用言語來形容，要真的
比喻的話我覺得就是腐爛發臭的壞雞蛋的十萬倍左右。武
痴和幾個人聞到後都馬上嘔吐不止，而我呢……還好，沒
有吐，只是差點當場就暈了過去就是了。

　　（你明明沒有比他們好多少啊！！！！！）

　　在處理好女屍後我們就一起回義莊料理李麻子那混蛋
了，沒想到都快中午了那傢伙仍在昏迷當中沒醒過來，我
們把昨晚那變態所做的事情告訴給村長後，他就下令讓大
家把暈着的李麻子綁着押回去。在進村沒多久後，昨天讓
人去找的公安終於到了，於是村長就把事情的大概跟他們
說了一遍，當然女屍屍變一事村長他一點都沒透露，公安
在明白事情的經過後就以「殺人現行犯」這罪名將李麻子
押回去派出所。

　　而李麻子這一進派出所就再也沒有出過來了，因為為了
響應「清洗太平地」的運動，當時的公安會專門去抓一些
地痞流氓，把他們關起來再批鬥，為的就是清除社會的不
安定因素。像李麻子那樣的無賴當年多得很，他們遊手好

閒，有工作也不去幹，整天就只會惹事生非。

在他行刑的當日，我跟武痴都特意扔下工作跑去看。

我跟武痴還沒走進村子就已經聽到裡面的人在用高音喇叭在播着紅歌，走進去後發現裡面人山人海的，不知情者也許以為村子是在搞甚麼大型慶典，但實際嘛⋯⋯嘿嘿。

我們兩個費了老大的勁兒才勉強擠進人群前方。差不多半個小時後押送犯人的卡車才慢慢的駛進市集裡，只見一個公安先從副駕駛座裡走了下來並有節奏地吹着哨子在幫忙倒車。

在車子完全停了下來後，在台上的兩個公安就走到車後幫忙把犯人押送下來。群眾見到犯人下車後情緒變得更激動了，口號也叫得更大聲，吵得我跟武痴都不得不用手摀着耳朵。而我依稀記得李麻子是第三個下車的，因為前兩個都是自己走下來，而唯獨他是被踹下來的，看見他灰頭灰腦的樣子，我們兩個都樂了。

頭兩個犯人一看就知道是普通的地痞流氓而已，所以只是被判處入獄改造更生數年而已，而到了李麻子的時候，領導的聲音突然異常激昂地宣讀他的判詞。

「李麻子，犯下殺人、搶劫、偷竊等等數十宗罪行，導致民憤極大！經上級許可判處死刑！即時執行！」接着一張劃上了「X」的木板就被插到李麻子的背後，表示這個人已經是個死刑犯，而坐牢的人同樣也是會被上插木板，不過上面劃的是一個「O」。

李麻子聽到判決後臉「嚓」的一下頓時沒了血色，死刑還沒執行他就已經一副死人相。而更丟人的是，他在得知自己被判的是死刑後嚇得大小便失禁，台下的我們隔着老遠仍能聞到有臭味。

「敵人不投降，就叫他滅亡！」
「敵人不投降，就叫他滅亡！」
「敵人不投降，就叫他滅亡！」

飽受其害的人於台下不斷齊聲地喊着這句口號，叫聲震天，看來李麻子所引起的民憤可不是一般的小啊！難怪沒人敢出來幫他求情，因為說不定求情者也會被冠上「包庇人民公敵」這罪名而被抓起來批鬥。

李麻子起初還想為辯護，他跟領導申冤，說自己犯下的只有偷東西和搶劫並沒有殺過任何一個人，搶劫和偷竊應當受罰但罪不至死。不過領導瞧都不瞧他一眼繼續宣讀下一個犯人的罪名與刑罰，李麻子見狀就開始數落領導的祖

宗十八代但是才剛罵了領導的媽媽，他就被人用繩子套緊了脖子，不讓他再發聲，眼如死灰的他只能絕望地任由台下的群眾指著自己破口大罵。

犯人們就在批鬥聲中再度被送上了囚車，按照慣例囚車先是會在村子裡慢慢地繞著走幾圈，讓犯人遊街示眾，在繞完後車子就會直接開往刑場把死刑犯處決，有時候我都會在想，在車上的犯人當時是怎樣的一個心情？

車子每接近刑場多一點，自己的生命也就愈接近完結，說不定在這段路上對他們的折磨比挨一顆子彈還要難受，所以我不難明白李麻子面上那絕望的表情背後所表達的意義。

而很多好事之人包括我跟武痴都跟著囚車往刑場的方向跑去，一來處決犯人這事我真的沒見識過，二是當年沒有甚麼娛樂活動的，生活極度苦悶，難得有刺激事發生，大家都會興高采烈地去湊熱鬧，圖個氣氛。

「哇靠？耀祖你看。」武痴在跑著的時候突然指著旁邊的一個人跟我說，我隨著他指的方向一望發現有一男一女正興奮地騎著一台單車追趕著囚車，坐在後座女人挺著個大肚子少說也有八到九個月大小，而在前座奮力地踩著腳踏的則是她的丈夫。

「真是的，孕婦就別湊這種熱鬧了。」我看得直搖頭。

　　而囚車在駛到郊外時速度就逐漸加快，我們這些用跑的人開始跟不上速度，唯獨那台單車拋離人群跟了上去。

「媽的……老子以後也要買台單車騎。」我看到後心裡暗罵了一句。

　　刑場雖然也有不少人但比起批鬥大會時已經少了五分四的人，而我們在趕路的時候花了一點時間，到達的時候囚車已經駛入了刑場裡的一間房子裡。犯人們應該是在裡面享用自己最後的一餐，吃甚麼我不清楚，不過肯定不會像電視裡演的有甚麼好酒好肉給你吃，充其量也只是讓你填飽肚子，等待會兒行刑後不用讓你做一隻餓鬼上路。

「你猜會不會有雞腿給他們吃？」武痴不停在人堆中踮起腳想要看清楚裡面的情況。

「我看有碗飯給他們吃就很不錯了。」我苦笑着說：「不過要是我是死囚的話，不管給我甚麼都往肚子裡塞，情願把自己撐死都不願挨那子彈。」

「怕啥？我聽我大伯說行刑時是用槍在後腦勺『嘣』的一下，腦瓜開了花，人也就死了，應該不怎麼痛的。」

「改天你要被判了死刑時試一下，回來再告訴我疼不疼。」

「我屌你的烏鴉嘴，你要是將來也被判了死刑的話，武爺我肯定會親手把你給『嘣』了！」武痴笑着罵道。

　　過了不久後，李麻子和其他人被蒙着眼睛讓公安從房子裡押出來了，群眾看到後興奮得大叫和拍起手來，而李麻子的樣子看上去已經魂不附體了，腳已經軟得無法走路要公安抬着押去刑場。

　　行刑的地方是一個山邊，這樣開槍的時候就不會怕子彈亂飛而誤傷無辜了，犯人們清一色的全跪在地上，身後都站着一個軍裝打扮拿着步槍的劊子手，現在等待的就只是領導的指示，而在場的人們都不難看出跪在地上的犯人都在發抖着。

　　原本還在吵鬧不停的群眾現在都安靜下來，本來是來湊熱鬧隨便想見識見識一下死刑的我，如今卻對那些死囚犯產生了些許的同情。

「預備！」領導見時辰已到於是就開始發號司令，劊子手們聽到命令後就一致地拿起了步槍對準了犯人們的後腦勺。

「媽啊！我不想死啊！」被蒙上眼睛的李麻子恐怕也知道了現在自己腦袋後正被一根步槍對準着，用不了多久他就

要告別人世了，跪在地上的他驚慌地掙扎着害得旁邊的公安要走上前把他按住。

看到這種場面後，雖然接受死刑的人不是但我的心卻慌了起來，要是跪在那邊的人是我的話，說不定掙扎得比李麻子還要厲害。

「開火！」

領導一聲令下，所有的劊子手都同一時間扣動扳機，在刑場裡傳出數下槍聲後所有的犯人都倒了在血泊當中，在行刑結束後一個光頭的法醫就走進場內檢查犯人是否已經完全死亡，他扒開犯人的眼皮用手電筒照射瞳孔，如果還有反應懂得收縮的話旁邊的劊子手就會走上前往犯人的頭再補上一槍，然後再次檢查，法醫會一直檢查直到犯人完全死亡為止。

有些已經快死的，法醫會根據情況在他的身上使勁的跳着踏着，直到他斷氣為止，這樣就可以省下一顆子彈不用浪費了。

而李麻子則比較倒霉，一槍一下去居然死不了，法醫檢查後就讓劊子手再給他補一槍，沒想到第二槍下去還沒斷氣，要勞煩法醫在他身上跳了好幾下才斷氣死去，做犯人做到他這樣可真是倒霉透了。

在處決後犯人就被扔了在刑場那裡等待運屍車把他們
送去火化，而群眾見解除封鎖後就一窩蜂湧上去看犯人們
的屍體，一時間屍體被人擠得水洩不通。

「哇！臉被嘣出個大洞來了。」
「欸？那白白的混在血裡面的是不是腦漿啊？」
「為甚麼後腦勺那的傷口那麼小，而臉上的卻那麼大？」

　　人們都圍了在那邊議論紛紛，我跟武痴又費一輪功夫才
勉強擠了進去，我瞧了李麻子的屍首一眼，蒙在眼睛上的
布條被法醫解開了，他的眼瞪得大大的彷彿在訴說着自己
的不甘，他的鼻子已被子彈轟飛，只剩下了一個深深的大
洞在那裡，看得我直叫噁心。

　　而武痴看得倒是挺樂的，他拍了拍我說：「耀祖，你看
這子彈是從後腦進的，為甚麼臉的受損程度會遠比後腦大
呢？」

　　其實我一看那傷口就知道劊子手們用的是「開花彈」於
是就給武痴解釋道：「這種子彈是會於擊中目標後在其體內
爆炸的那種，所以進的時候傷口很小，出的傷口很大。」

　　這種子彈殘忍得很，一般都是用來捕獵野獸時用的，而
在當年卻是用來處決犯人用，這玩意殺傷力非常大的很而
且同時會對目標造成極大的痛苦，在文明的今天已經被禁

用了。

過了好一段時間運屍車才慢吞吞的從遠處駛來，圍觀的群眾看到車子駛近後一下子就作鳥獸散，只見兩個運屍工從車上下來走到屍體旁邊，一人負責抬頭，一人負責抬腳，兩人合力把一具具屍體拋上了車子後方。而留在地上的血液和腦漿他們隨便鏟了些泥土覆蓋上去就當是了事，沒有人會特意去用水來清理地方。

在運屍車離去後，人們見已經沒甚麼可看就一一離去了，而在離去的人群中突然傳出了一名婦女的疼叫聲，我跟武痴順着聲音來源望過去發現原來是剛剛所見到的那名孕婦。她滿頭大汗的倒在地上痛苦地叫喊着，地上還有一灘水在，看樣子羊水已經破了是要快生的樣子。

而她的丈夫則坐在身邊緊握着那婦人的手焦急地向四周的人求助：「有沒大夫在啊？我愛人她要生了，求你幫幫忙。」

「你看！我就說嘛！大着肚子就別來這種地方湊熱鬧！」

如果要真的是在這裡生產的話簡直就是給剛剛才死的犯人提供了一個快捷的投胎路徑啊！可是生小孩又不是能忍的事，總不能讓已經作動的孕婦硬撐回村子才生吧？耽

誤太久怕是母子倆的生命都有危險，所以最後就只能選擇就地產子了。

幾個看上去有過生產經驗的大媽走了上去鼓勵婦人，讓她調整呼吸，男人們都識相地離開，一些腳程較快的人則直接就往村子方向裡跑去找人來幫忙。

當時內地的民風比較純樸，大家只要見到誰有困難都會主動跑去幫忙的，直到了城市化後一切都變了。現在的內地見到有老人家跌倒都沒人敢上去扶了，為甚麼？因為怕被訛！明明是自己跌倒的卻反過來咬你一口說是你推的，不然你怎麼會那麼好心上來扶？硬生生把黑說成白，對說成錯，這樣的新聞多了以後就再也沒人敢抱着好心去做事，就算是那人真的需要幫忙也好，為了保障自己不會被無辜波及大家也只能這樣做了。

錯的是不幫忙的人嗎？不，錯的是那些利用人的同情心行騙的人。

（老爸看上去很激動的樣子……）

話說回頭，那女人在幾經辛苦後終於把孩子生了下來，是個兒子，母子平安。不過那孩子的相貌把在場所有人都嚇了一跳，那嬰兒天生就沒有鼻子，臉上只有兩個小小用作呼吸的洞而且滿臉都長滿了一點點的東西，看上去就像

是麻子一樣。

有好事之人就讓那丈夫趕快摸一下後腦勺那裡，那男人一摸就發現那嬰兒後腦勺那裡有一處是凹了下去的，跟死刑犯被步槍打中的地方剛好是同一個地方。

男人一見就慌了，因為大家都說這小孩根本就是死刑犯投的胎。不過這小孩後來怎麼樣我就不清楚了，因為我當時被另一樣東西給吸引住了。

我看到一個身穿白色道服的男人突然出現在刑場那邊的山坡上，他從懷裡拿出幾道白符而且嘴巴還不斷微微開合着。

雖然我不知道他在唸甚麼，不過，我可是對白符的功用了解得一清二楚，張神算給我的書上曾記載着他們的白符是用來收納靈體的，也就是說這男人是在這裡不斷把靈體收入白符之中。按道理如果是想超渡那些死囚的話在這裡作場法事就行了，根本沒必要用上白符。

在這裡有的就只是那些窮凶極惡之人的怨靈，他收走這些靈體準沒好事。

於是起疑的我就偷偷地朝他所在的地方走去……

礦洞

「喂？耀祖你往山邊跑幹嘛？回家的路在這邊啊？」
「別吵，要嘛安靜的跟上來，要嘛你自己先回去。」

　　我避免打草驚蛇於是就躲到草叢裡，躡手躡腳地往那白道服男人的方向走去，武痴由於搞不清楚我在幹甚麼又不好意思扔下我一個自己回去，只好乖乖地閉上嘴跟在我身後了。

　　那男人好像還沒察覺到我的存在，他一邊唸咒一邊揮動着手中的白符。我為了看清楚他是不是在收集那些冤靈就再次把張神算千叮萬囑讓我一定要掛着的佛牌給解了下來，不解還好，一解差點沒被嚇死。

　　那男人身邊居然聚集了數以百計的亡靈，恐怕都是那些死囚被處決後所化成的，只見它們被一個接一個的被吸進白符裡面，而白道服男人在看到如此大量的亡靈後不但沒有感到絲毫的恐懼，反而面帶笑容的把亡靈收進符內。

　　他葫蘆裡到底在賣甚麼藥？如此大量的亡靈肯定不是一個道人可以應付的，他收集這些亡靈是有着怎麼樣的目的？我雖然沒有想明白，但我的直覺告訴我肯定不是用在

好的方面上。

轉眼間那些亡靈就被他全數收入了白符內，他滿意地笑着將白符收入懷中然後隻身往深山走去，而我跟武痴就準備動身跟上去想瞧瞧他到底想耍甚麼花樣。

沒想到走了幾步後他突然間又停下來不走了，他慢慢的轉過頭把視線放到我跟武痴的身上然後露出了一個令人心寒的壞笑，他指着藏身在草叢裡的我們後就悠然離開了。

他那一指明顯就是「啊……你們在這裡，我已經發現了。」的意思。可是沒理由啊！我們跟他之間的距離少說也有三十米以上，而且我們還藏在草叢裡，按道理不會這麼容易就被他發現的。

正在我搔破頭皮都想不通時，武痴忽然抱臂道：「這到底是甚麼鬼天氣？這麼大一個太陽頂在頭上我居然會感到冷……」

我轉過身一看，發現有一股陰氣從武痴背後散發出來，同時間還有一隻類似嬰兒的小手從他的後頸處伸出……

「怎麼了？我背後有甚麼東西嗎？」武痴疑惑地問我並且想要回頭去看但被我立馬就阻止了。

「別回頭！別講話！還有別問為甚麼！」我喝止了武痴，他聽到後就像是被點了穴似的愣在原地不敢再動。

很快的那小手現出了原形，那是一個兩隻眼睛都失去眼珠子的嬰靈，也就是人們常說的「小鬼」，它眼框裡空空如也，只有兩個黑洞在臉上，只見那小鬼在不停地往武痴頸後吹氣，難怪他會覺得冷！

在這種地方有小鬼出現是不尋常的事，它肯定是被甚麼人飼養着然後聽從飼養者的命令才附在武痴背後的，而這一次我用膝蓋想也知道是那白道服男人指使它這樣做的。

嬰靈本身應該是純潔無瑕的，但我眼前的這隻小鬼卻充滿了邪垢之氣，一定是那男人常利用它幹甚麼壞事才會使它從靈魂上產生了質的變化，如今它已經有妖魔化的徵兆如果我現在不把它打散，一旦幻化成妖恐怕將會有更多的人受害。

幸好嬰靈的能量比較弱再加上現在正值陽氣最重的午時，單憑我的話還是能夠應付的，我手中緊握着張神算給我的佛牌走到武痴的背後，那小鬼察覺到我的舉動後開始對我張牙舞爪的。

佛牌除了可以暫時關閉我的天眼外還有着辟邪的作用，

如果可以給它的天靈蓋來上一掌的話即使不能一擊打散也能讓它受個重傷。

我舉起攥緊佛牌的手開始小心翼翼地接近那小鬼，它見我一步一步的接近就把自己的威嚇升級，它脫離了武痴的後背改為懸浮在半空面對着我，身上散發的陰氣比剛剛還要強烈，不過我知道這只是虛張聲勢而已，小鬼的能力還沒強到能傷害活人，頂多就只是在讓人迷路、耳語和背後吹吹寒氣。

看到它作出這樣的舉動後我就更加確定它只是外強中乾，用來忽悠一些外行人還可以，但我可不賣這帳，於是就逕直朝它的位置走去，那小鬼見威嚇失效後居然慌了起來，我見機不可失舉起佛牌朝它就是一掌！

「切……」我拍完後不禁皺起了眉頭。

因為拍下去時的手感告訴我那一掌落空了，看來那小鬼知道不是我對手，所以在佛牌碰到自己前就化作一縷紫煙逃跑了。

我暗罵了一句後讓武痴跟我再度追趕那白道服男，可被小鬼耽誤了一下後男人已經消失得無影無蹤，然而我沒有因此放棄，因為他在走過的地方都留下了足跡，我就順着

它們一路追趕。

「喂，耀祖，你到底在找甚麼啊？」沿途一路追隨我的武痴終於忍不住開口問我。

「剛剛有一個男人在刑場那邊收集亡魂，我總感覺他會用來使壞於是就追上來了。」我看他這路上都聽從我的吩咐沒有講話，也該是時候跟他講講發生甚麼事了。

　　武痴聽到後不解地問：「亡魂？是那些死囚的亡魂嗎？他收集來幹甚麼？」

「我就是想要弄明白才跟着他啊！」

　　沒想到走了沒多久後足跡居然消失了！因為原本我們一直是在泥地上走動着，現在泥地沒了變成了岩石，所以在上面不會有足跡留下，也就是我們唯一可以找到他的線索斷了。

　　跑了大半天居然把人給跟掉了！我氣得直跺腳，媽的……那人到底跑哪去？我記得有人跟我講過這山頭裡有很多暗洞，是以前的人挖礦時留下的，稍一不慎就可能掉進去，所以我不敢繼續貿貿然的繼續追趕。

正當我想要放棄之際，頭頂上卻傳來了數下嘲笑聲，我抬頭一看發現那身穿白道服男人居然就站在不遠處的一個小山頭上，他手上拿着一把淡黃色的木摺扇在山頭上俯視着我跟武痴，他一邊給自己搧風一邊嘲笑着累得像隻狗似的我們。

我看到後馬上無名火起三千丈，媽的！敢嘲笑老子？要是被老子我抓到後不把你的皮扒下來我就不姓佐！我氣急敗壞的朝着那男人所在的位置走去，沒想到我光顧抬頭盯着他看，沒有留神到腳底下居然有一個大洞！當我踏了個空感受到那離心力時已經太晚了，武痴想拉我一把也拉不住，結果我就那樣重重的摔進了那洞裡。

幸好這高度大概只有兩層樓左右高，雖然這一下是死不了但也足以把我摔得眼冒金星，我揉着疼痛無比的屁股坐了起來活動一下手腳。

嗯……還能活動，應該沒傷到筋骨，不過屁股可真的疼的要命。

「耀祖！你沒事吧？」武痴緊張地趴在洞口邊沿上朝我喊道。
「我還好！那男人現在還在那山頭上嗎？」

武痴抬頭看了一眼又接着說：「沒有，他人已經不見

了。」

「嘖！」我咬着下唇不甘地說：「這回可真是被他給耍了。」
「要我去追嗎？他應該沒走遠的，說不定還能追上他。」

　　我搖了搖頭說：「別了！我怕你也會跟我一樣不小心跌到暗洞裡，我現在試着爬上來，快到洞口時你拉我一把吧！」

　　我說罷就走到洞壁，沒想到在接觸到洞壁後才發現它光滑得很，手根本沒辦法牢牢的抓緊，別看這裡只有數米左右高，要爬上去簡直是困難無比。儘管如此我還是試着攀爬但每次沒爬到幾下就會從上面滑了下來。

　　後來多試了幾次，手掌心就開始冒汗，爬了離地還沒一米就因為太滑而失敗。

「怎麼樣？能爬上來嗎？」武痴在見到我多次失敗後不安地問。

「不行啊……這洞壁太滑了，我根本沒法使力。」
「那怎麼辦？」武痴焦急地說：「要不我立馬跑回去找根繩子把你拉上來吧？」

事到如今也沒有別的更好的方法了，我只能點頭讓武痴趕快跑回去找根繩子來救我，不然像我這樣爬法恐怕到死也沒能離開這洞口。在他臨走之前我讓他放點大石塊或者插幾根樹枝在洞邊作標記，免得他回來時找不到這裡。

在他離開後我開始四處打量這洞裡的情況，憑着陽光的反射勉強能看到有一條路從我這裡伸延到洞的深處，裡面黑呼呼的甚麼都看不見，偶而還會聽到有怪聲從裡面傳出來，我安慰自己那只是風吹過時所發出的聲音而已。

以我的觀察來看，這裡以前估計是一個礦洞，如今因為礦已經被挖光所以廢棄了。

武痴這樣來回少說也可能要花上兩、三個小時，為了打發無聊的時間我只好坐在地上抽起煙來。

「呼。」我從嘴巴裡噴出白色的煙氣然後依偎在洞壁邊。

在我吞雲吐霧兩眼放空發着呆時，我突然察覺到腳邊有一個四方形的東西被半埋在泥土中，在好奇驅使下我將那玩意從泥土中挖了出來，沒想到原來是一盞破舊的礦燈，我把玩了一番後發現這玩意居然還能使！

我拿起礦燈照了一下洞的深處，結果不照還好，一照就

不得了！因為我看到燈光所照到的地方有一個人形的物體正瑟縮在一邊！那東西發現有人在用燈照自己後居然慢慢的站了起來，腳步蹣跚地朝我接近！

天黑莫回頭

回頭

鬼屬

壹

陰宅

【老爸篇】

二七三

乾魔子

　　隨着腳步聲愈來愈大聲，那人形之物就愈發接近我，而它的身影亦從一開始的模糊不清變得一目了然⋯⋯

　　它拖着乾癟的身軀走到我面前，我上下打量了一下發現它是一般礦工的打扮，頭上還頂着一頂安全帽，不過外露的皮膚已經完全風乾，乾巴巴的呈紫色，它走路時皮膚還會從身上不斷脫落，從眼框中勉強還能看見已經乾得縮進去的眼珠子。

　　「小⋯⋯兄弟⋯⋯你⋯⋯有煙嗎⋯⋯」它講話時嘴巴張得大大的並從喉嚨裡發出了沙啞的聲音。

　　我聽到後差點就罵了出聲，因為⋯⋯我知道自己碰上乾魔子了。

　　（乾魔子？）

　　乾魔子其實是殭屍類的其中一種，是一種在地下礦洞中的「生物」，它們有意識，能跟活人交談但就是不知道自己已經死了。一般來說一些礦工在礦洞內遇難死後，他們的屍身在被礦脈的土金之氣侵蝕下變得不會腐爛，魂離開了

但魄留在軀體時就會變成乾麂子。

由於不知道自己已經死了，於是乾麂子在礦洞裡過着「山中無甲子，寒盡不知年」的日子，心裡想着都是希望自己能從這個礦洞裡離開，重見天日。乾麂子一但見到活人後不但會跟人討煙抽而且還會哀求活人帶他們離開這裡，它們講的都是一些想回去見親人一面之類聽起來可憐巴巴的話。

（要真是這樣你就做個好心把它帶出去吧？）

乾麂子帶不得出去！曾經有人就是因為好心把幾個乾麂子從地下礦洞拿了出來，沒想到它們在來到外頭後被風一吹，衣服和身體全都會化成一灘黑水，且腥臭無比，這氣味隨風飄散時會傳播瘟疫，聞者無一不死。

所以撞上乾麂子是一件很麻煩的事，一但遇見了它們都會被死纏不放直到你答應帶它離開為止，以前的人會假意答應，然後叫人在上面垂下竹籃讓乾麂子坐上去，然後在上到一半的時候就會把繩子剪斷讓它摔個粉身碎骨。

「小……兄弟……你……有煙嗎……」那乾麂子又以沙啞的聲音問我拿煙了。

我為免被它纏上就把手中正在抽的煙扔了給它，希望可以就此把它打發走，那乾麂子拿到煙後就大口大口抽了起來，不過我噴的煙是白的，它噴出來的是黑色的。

而在它抽煙的時候我把背緊緊貼在洞壁上，生怕它會突然朝我撲過來，因為在傳說中乾麂子的皮膚也是有劇毒的，要是被它摸上一下，恐怕我也要一命嗚呼了。

眼見香煙愈燒愈短，我就愈發擔心這乾麂子會不會要我帶它離開這裡，要真是這樣我的麻煩可大了。一時之間我又沒法離開這洞口，這乾麂子要真死纏不放我又打不過皮膚有劇毒的它，只能利用它行動緩慢這一點往洞裡面跑了。

沒想到那乾麂子在抽完煙後真的如傳聞一樣向我哀求，讓我帶它離開，而且它愈說就愈激動，更一步步和逼近，已經被逼得在洞壁上的我已經走投無路，在拿到它想用手來抓我的時候我只能舉起礦燈讓它的頭上狠狠的砸了過去，在乾麂子的頭骨被金屬製的礦燈砸到以後發出了一聲清脆的「咔勒」聲，然後它就倒了在地上。

而我見機不可失扔下身後的那隻乾麂子不管，提起礦燈就往礦洞的深處跑了起來，但是剛剛那一擊顯然是沒法把它置於死地的，在我邊跑邊回望時，我發現它的頭被我那一下給打得轉了個180度，現在它的臉是朝着自己身後

看的，我看到後打了個寒噤心裡想着「哇靠！這樣都死不了！」

而它慢慢的重新站了起來並對着我幽幽地說了一句……

「我……我會找到你的……」

乾魊子特有的那種詭異聲音在這漆黑的礦洞被傳得很大聲，不知道是不是心理作用，那句「我會找到你的。」纏擾在我耳邊久久不散，讓我心裡毛毛的。

我提着礦燈一路奔跑着，照在地上的燈光隨着我跑動時的呼吸而上下的搖晃着。這礦洞裡有不少的分岔路，每次要遇上我都會特地在地上打個「X」來作記號，免得自己會迷路。這路蜿蜒曲折的，不知道在這漆黑的通道盡頭會帶我去到甚麼的地方？

而答案我很快就知道了，在我又挑了一個分岔口走了進去後，發現前方一堆岩石擋住了我的去路，看來這裡以前曾經塌方過，不宜久留。正當我想要轉身離開的時候突然有東西抓着了我的鞋子！我急忙用礦燈照了過去發現那居然是一隻乾枯的手！

「哥……們……能把我拉出去嗎……」一把沙啞的聲音從岩

石堆的底下傳出來。我一看原來又是一隻乾麂子！不過跟剛才那一隻不一樣，這一隻乾麂子的身體大部份都被岩石壓著，只剩下頭和一隻右手是外露的。

我怕被抓太久會中毒就馬上把它的手給甩開了然後頭也不回的離開了，我走的時候心裡想著這礦洞裡該不會還有更多的乾麂子存在吧？要真是這樣的我豈不是麻煩大了？

在回到分岔口時我開始聽到有腳步聲從四方八面傳來，「嚓」、「嚓」、「嚓」的一步一步向我逼近……剛開始的時候我怎麼會那麼天真以為一個礦洞裡只有一隻乾麂子存在……本來想把洞口那隻給引進來然後等時間差不多了就趁機繞出去，結果沒想到自己現在卻送羊入虎口，為了躲避一隻乾麂子而闖進了乾麂子們的巢穴中了！

隨著聲音愈來愈接近我開始慌了起來，媽的，該不會要被它們抓來當同伴吧？我慌不擇路急忙跑進了另一個岔口裡面，我走的時候心裡祈願道：「前面別又塌方了……前面別又塌方了……」，結果不知道是我運氣好還是祈願真的生效了，這一條路非但沒有塌方而且還帶我來到了一道門前！

我拎了一下門把發現沒有上鎖於是就開門走了進去躲避，在進去後我馬上就把門重重的關上免得被外頭的乾麂

子闖入。我依靠在門板上大口大口的喘着氣，剛才發現自己被乾麠子包圍的時候，全身神經一度被繃至最緊，過了好一會兒我才緩過神來。

在冷靜下來後我馬上用礦燈四處探照着，原來這裡只是一間不到五十呎的小房間而已，房間的四壁都是被岩石包圍着，裡面有桌子還有椅子地面上還有紙張四處散落，看來這是用來處理文書的地方，不過怎麼會在挑這裡來辦公我還真想不懂。

在了解完這裡的情況後，我走到辦公桌子處想拆一兩根桌腳當武器使用，空手的話根本就沒辦法打得過外面那些乾麠子。在我往走着時，腳底下突然發出了「啪勒」的聲音，聽起來就像樹枝被踩斷時一樣。

提着礦燈一照才知道剛才踩到的並非樹枝！而是一根骨頭，原來在桌子底下正躺着一副白森森的骸骨！

嚇得馬上向後跳了好幾步，那副骸骨側躺在地上，左手抓在自己胸前，右手則向外伸了出來，而我踩到的正正就是它的右手！

不過為甚麼這人沒有變成乾麠子呢？既然是在這礦洞裡死的話，照理來說應該也會變成乾麠子才對啊？然而它

【老爸篇】

的屍身卻化成了白骨，其中想必有別的原因才對，我壯着膽子提起礦燈照了骸骨一下，發現它的前額處有一個小洞，而後顱骨則整個消失不見，滿地都是乾涸的血跡以及人骨碎片。

我看到後發上就聯想到一樣東西！

開花彈！

我急忙提着礦燈在地上四處搜索起來，果然在屍體底下被我找到了一把左輪手槍！那槍雖然已有一段歷史了，槍身鏽跡斑斑不過看起來還能用的樣子，我把玩了一下然後緊張地朝遠方扣下了扳機。

「啪」

甚麼事都沒有發生，我失望地垂下手並將子彈匣退了出來，原來裡面的子彈早已打光，難怪會發射不了，於是我就再次在房間裡搜索起來，想看看會不會找到後備子彈，果然在一番搜尋後於桌子的抽屜裡被我找着了，一盒約有十幾顆開花彈的彈藥盒子正安躺在抽屜中，除此之外我還在盒子旁邊找到了一本泛黃的日記本。

恐怕這和這左輪手槍一樣都是這副骸骨生前的東西，我好奇地放下手槍，在礦燈的照射下翻閱起日記來。

日記上沒有寫上年份，主人大概不是那種每天都會寫日記的人。

4月12日

　　今天二狗跟我提議一起離開家鄉去城裡找工作做，由於事出突然，我沒有答應他，我跟他說我要時間考慮考慮。

4月15日

　　「阿明，你這麼窮，我們要是在一起的話是不會有美好的將來的。」小蝶今天拒絕我的時候說了這麼一句話，我聽到時覺得心臟好像被人用刀給活生生的剖了出來，好疼……

4月16日

　　剛剛才拒絕我的小蝶轉過頭就跟家裡富有的小李訂婚了，在下聘那天男方派人給小蝶家送布、送牲口的，那天村子裡很熱鬧，我跟二狗一起溜到村外抽煙。

4月20日

　　再過幾天小蝶就要過門了，我決定明天就瞞着爹和娘偷偷跟二狗一起到城裡找工作！

5月4日

　　來到城裡已經好幾天了，但是沒有人願意請我們這些鄉下

人，身上帶的錢都快用完了，怎麼辦……

5 月 14 日

　　沒想到天無絕人之路，居然讓我們在礦場找到一份工資不錯的工作，老闆知道我上過學是知識分子，於是就讓我當領班，負責看管工人，同時還給我一把槍和一些子彈，讓我在發現有人想要從礦場逃跑時就用槍射殺他，我沒開過槍，沒殺過人也不敢殺人，所以這槍一直被我放在礦場的抽屜裡。而二狗他則成了一個普通的工人負責開採工作。

6 月 10 日

　　礦場的工作很累人，很多工人都累死或者在塌方時被壓死，很多人受不了而逃跑，老闆怕自己幹的壞事曝光所以派人把逃跑者都殺了，我想回家……但我不敢……

7 月 11 日

　　二狗被岩石壓死了……我跟老闆說要把二狗帶回家鄉安葬，讓他把我們的工錢結算一下。老闆說人手不足讓我先多幹兩天才能走。

7 月 13 日

　　我被騙了……礦洞出口的梯子沒了，所有被困在這礦洞裡的人都說老闆曾經答應自己只要多幹兩天就會讓他們離開的，天真的我這才發現老闆根本就沒想過讓我們離開……

日記寫到這裡就中斷了。

我把日記本合上並放回抽屜裡面，然後就低下頭面對着那骷髏說：「如果我沒猜錯的話，你的名字應該是叫阿明吧？那麼明哥，兄弟我不慎從上面掉下到此洞中，我未經你的許可看了你的日記，知道你是一個心地善良的人，現在兄弟我想跟你借此槍一用，倘若我能夠逃離此洞必定會用好酒好菜來拜祭你。」

接着我就把六顆子彈安入手槍內，然後朝着門口扣動了扳機，只聽到一聲巨響過後，門就被轟開了，太好了，這槍果然還能用，子彈的情況也很好，沒有受潮的樣子。

現在有手槍在手後，心裡頓時就踏實多了，我朝骸骨拜了幾下後就提着礦燈和手槍從房間中離開，此時礦洞內的乾麂子全都因被槍聲吸引了而開始往這裡接近。

糟糕了，剛才只顧着試槍沒有考慮到這一點，礦洞裡的通道都不怎麼寬，要是路被它們給堵住了那我可就不好走了！於是我就急忙往沿途折返，在回到進來這房間前的分岔口時，一隻乾麂子舉起手慢慢的往我走近，我想也不想舉槍就往它的頭上來一下。乾麂子的腦袋轉眼間就炸成了粉末，上顎連同鼻子以上的部份都被開花彈給炸飛了，只有下顎還連在身上。

【老爸篇】

（好殘忍啊！！！）

　　沒辦法，我也只是想保護自己而已，再者我這樣做在某層面來說是在超渡這些可憐人，只不過手段比較粗暴而已！

　　就這樣我沿著記號一直往回跑，一路上接連射殺了好幾隻乾麂子，它們在意識到自己死後身體都會化成粉末，撒到遍地黃粒。

　　慢慢地遠方開始透現出微弱的光芒，我知道出口近了於是就加快腳步往洞口奔去，而身後那些已聚集成群的乾麂子仍然緊追著我不放，某些腳程比較快的會從後趕上直朝我撲來，而我想也不想就會轉身用開花彈轟掉它的腦袋，腳程較慢的一般我都會無視，好省下一些子彈。

　　可能是在黑暗的礦洞內待太久的原故，當我重回洞口曝露在陽光底下時，眼睛竟一時間不適應光明，刺眼的陽光害我無法好好張開眼睛，與此同時武痴的聲音亦從我頂上傳來：「屌！耀祖你到底跑哪兒去？我好不容易找到繩子，結果回來後卻發現你人沒了！害我以為你出了甚麼事！」

　　我瞄了後方那群逐步逼近的乾麂子道：「別廢話了！趕緊把繩子放下來！」

武痴見我滿頭大汗，很是緊張於是就乖乖地將繩子放下，而在繩子落到面前後我馬上扔掉手中的礦燈，把手槍別在腰間然後抓起繩子就往上爬，未幾，武痴就指着我的身後「哇！」的一聲大叫出來，我頭也不用回也知道肯定是乾麂子群已跟了出來，於是就加快了動作想要爬上去。

但沒想到右腳突然一沉，低頭一看發現是一開始跟我討煙的那隻乾麂子！皮膚不斷剝落的它如今正死死抓住我的腳不放！

「我就…說過……我會找到…你的……」乾麂子以沙啞的聲線緩緩道：「帶我上去……不然你就下來陪我！」

「抱歉，就算你把我抓下去，我也不能帶你離開這裡。」我對着那乾麂子說。

「為甚麼……我只是……希望…再見到……家人一面而已。」
「因為……」我從腰間拔出了尚有一顆殘彈剩餘的手槍，指着那乾麂子的頭說：「屬於你們的歸宿，早已不存在了……」

「碰」的一聲巨響，腦袋被轟飛的乾麂子的鬆開了手，身體直墮地面散作了一堆黃色粉末。

脚上的負重消失後，我像猴子爬樹似的一溜煙爬回洞口邊，武痴伸出手拉了我一把，助我重回地面。

「那些人到底是怎麼一回事？你手上那把槍又是從那裡撿來的？」武痴疑惑地問。

「待會兒再給你解釋，現在我還有事情沒幹完。」我說罷就轉身俯首望向洞中的乾麂子，在底下的它們不斷朝我們伸手，情景猶如身處地獄烈火中的罪人在向人求救般。

「求…求你，帶我們……離開吧……」

不過，它們並非罪人，罪人受罰是應該的，但它們只是可憐的受害人而已，所以不應受到如此對待。

而能拯救它們的方法就只有一種，就是將魄從這破爛的身體中解放出來，於是我把左輪手槍重新裝填，接著便朝洞底一輪掃射，打完了就重新入彈，直到身上的子彈都快打光為止。

一頓狂掃後，我揉着疲軟的手臂坐到地上，洞底的乾麂子已一隻不剩，如今就只有一堆黃色的粉末證明它們曾經存在過。在完事後，我無力地躺了在地上仰望藍天。

抱歉……我能做到的就只有這些而已。

天黑黑回頭

鬼屋 壹 陰宅

【老爸篇】

爺爺和孫子

回到村子後，我千叮萬囑叫武痴別跟人講我得到手槍的事，要是被村裡人知道我這搗蛋鬼有槍的話麻煩可大了，武痴聽到後愣愣的答應了，我把手槍和剩下三顆子彈都珍而重之的藏到我的床鋪底下去了，當然子彈是沒有放進彈匣裡面，這方面我還是相當小心的。

白袍道人的事我就暫時拋諸腦後了，一來線索斷了，二是冷靜下來後我覺得自己現在還不是他的對手，所以就只好將他在收集亡靈一事擱到一邊去了。

當然，後來我還是有跟這男人再次碰面的，而這就是後話了。

那時候的我知道能擁有屬於自己的手槍後心情十分激動，以後想要上山弄點野味來吃的話根本不成問題！而且出遠門時還能拿來防身，要是真遇上搶劫的，他們手上那些木棍、刀子能跟老子手上的槍比嗎？老子一把槍掏出來肯定能把他們嚇得屁滾尿流！想到那畫面時我更覺得未來是美不勝收，心情亦因此變得十分的好，好的連見到武痴時都覺得這廝比以前順眼多了。

不過子彈那方面倒是個問題，只有三發，有一天到城裡辦事時我找了一個地痞問他偷偷給我弄一些開花彈來要多少錢，結果他把價錢告訴我的時候差點沒把我嚇死，一顆開花彈差不多要一塊錢才能買到！屌！拿那一塊錢拿去買米的話都夠我吃上好些日子了！

我這才發現為了叫那些乾麂子安息，竟在無意之中花上了不少的錢！想到這時我的心那可叫疼啊！！！早知道就不管它們了，唉，不過現在怎麼後悔也沒用，幹了就是幹了，權當是幫自己積一下陰德罷了。

那一天由於心情很差，於是我就把工作翹掉跑去江邊釣魚，我覺得唯有釣魚時的靜謐才能安撫我那已經碎無可碎的心靈……

（甚麼安撫心靈！還不是找藉口去偷懶！）

休息是為了走更長的路！你這朵沒經歷過風雨，自幼在溫室中長大的小花懂個卵！

還記得當日我拿起釣竿後就直往江邊跑去，那年頭的河江仍然非常清澈乾淨，不像現在般都被污染了，我在抵達時第一件事就是走到岸邊去撈小蝦。

手頭上沒有網子，我只能卷起褲管彎腰徒手在水裡撈，花了好些功夫，累得我背酸腰疼的才撈到十來隻拇指大小的小蝦，由於江裡的魚都愛吃這種蝦子，所以把牠們當作魚餌來用就最好不過了。

　　不過用這種蝦子當魚餌有一個問題……就是牠太好吃了，我在垂釣時經常會忍不住把牠們當零嘴給吃光，結果還得再跑一趟去撈。

　　（生……生吃蝦子……可以嗎？）

　　怎麼不可以？不但不會拉肚子，而且味道一絕！我下水撈到的第一隻蝦子通常都會直接吃掉，蝦殼咬下去「卡唰卡唰」的十分爽口，蝦肉又甘又甜而且鮮味十足！吃了第一隻就會停不下來！

　　結果每次釣魚都會把大部份時間都花了在魚餌身上，不過江裡頭的魚都很蠢，很容易就會上鉤，可那一天不知道為甚麼，坐了好久都沒有魚咬餌，起初我以為是魚餌沒有鉤好，但每一次我把魚絲收回來後都發現餌仍好好的在鉤上。

「你這麼沒耐心怎麼釣魚？」在我某一次收鉤後，一把老年男人聲就驀地傳來。

嚇了一跳的我馬上順着聲音轉過頭去，結果卻發現一名老頭竟在不知不覺間坐了在我身旁。

只見老頭戴着一頂破舊的漁夫帽，身上的襯衣滿是補丁，身旁還放了一個用來裝漁獲用的小竹筐，他嘴裡叼着香煙手上拿着一根魚竿悠然自得地釣着魚。

「釣魚是要耐心的，像你這樣拋了竿沒多久又收回來是釣不到魚的。」老頭「哼」的一聲從鼻孔裡噴出白煙。

「囉唆！老子我就愛這樣釣！」我沒好氣地說。

老頭微笑着搖了搖頭後就繼續專心釣魚，過了沒多久他的魚竿就彎曲起來，顯然是有魚咬餌了！只見他用力一扯，一條比巴掌還要大的草魚就馬上從水裡被扯到岸上。老頭哼着小曲把魚鉤從魚嘴上解了下來並問我：「這條送你，要嗎？」

「不要！我愛自己釣！」我別過頭不理他。
「脾氣真倔，跟我那孫子一個樣的。」老頭笑道。

想當老子的爺爺？我聽到後氣不過馬上回了他一句：「鬼才是你的孫子！」

聽到這一句話後老頭的表情馬上凝住，笑容亦逐漸於面上退去，到了最後他只能苦笑着繼續釣他的魚，我隨即意識到自己好像講得有點過了，老人家他又沒有惡意，我怎麼突然就對他發起脾氣來⋯⋯？

我有跟他道歉的念頭，不過好面子的我就是無法把臉拉下來跟他老老實實的道個歉，於是氣氛就變得尷尬起來。到了最後還是老人家他主動跟我聊天才把這場尷尬給化解了，他呼了一口煙後又問：「小兄弟，你喜歡吃魚嗎？」

這一回我的態度又沒有上一次那麼惡劣了，我平心靜氣地跟他說：「以前不喜歡，現在還好。」

老頭見我願意跟他聊天後又說：「我的孫子以前也只愛吃肉不愛吃魚，於是我一有機會就把魚肉和雞肉混在一起煮給他吃，到後來他就接受了，你呢？」

「我的就簡單多了，有一天我爸買了一條魚回來煮，因為我嫌魚腥味太重所以不吃，結果被他暴打一頓後我就肯了。」

就這樣我就跟那老頭你一句我一句的聊了起來，氣氛亦變得十分融洽，別人路過時沒準還真會以為我們是一起來江邊釣魚的爺孫倆。從言談之間我得知老頭姓孫，已經

六十多歲，平常一有空都會來到這裡釣魚。但是因為只顧着聊天，結果日落時分我仍毫無收獲，媽的，如果冒着挨罵的風險溜出來還空手而回，武癡那傢伙知道後肯定要笑上半天。

雖然不甘心但時間確實不早了，我只好灰頭灰腦的收起釣竿跟孫老頭道別，而他目睹我灰溜溜的樣子後就指着裝滿了魚的竹筐子問我：「你若是不嫌棄的就拿一條回家吃吧？」

眼見他一副盛意拳拳的樣子，我起初還真想拿一條回家的，但一想到自己的無禮，手就伸不出去了。

人家對我這麼好，然而我卻讓他熱臉碰上個冷屁股，就這樣我還怎麼好意思去拿人家的魚？

「還是算了。」我紅着臉愧疚道。
「別客氣，反正我每次都只會挑一條最大的帶回去，其他的都會放回江裡，你不用擔心我會有甚麼損失。」孫老頭慈祥地笑道。

「既然如此我就不跟你客氣了！」眼見老頭都說到這份上了，不要白不要。在我從竹筐裡挑了一條不大又不小的草魚後，孫老頭就將筐裡其他魚一股腦的全倒回江中，原先

已經半死不活的魚兒回到水中後馬上又回復了生氣，只見牠們尾巴一甩「啪嚓」一聲濺起水花後就在江中消失不見了。

臨別之際，我與孫老頭約好了在兩天後同樣時間再來此處釣魚，說完後我就與他分道揚鑣，提着草魚高高興興地離開了。

回家後我用從別人家偷……借來的鹽、胡椒粉、花椒粉和酸菜，將草魚弄成了一鍋香噴噴的魚湯。

不過……我沒想到這香味很快就引來了飢餓的捕食者，正當我準備起筷之際，一張猙獰的面孔竟伏了在窗邊窺探着我！仔細一看才發現是武痴那廝，就住在我家旁邊的他肯定是因為嗅到香味才跑過來，只見他垂涎三尺雙眼死死盯着魚湯，手裡還拿着碗筷。

「屌……你他媽就跟鬣狗一樣。」我笑罵着開門放了他進來。

兩人以風卷殘雲之勢將魚湯一掃而光，不但沒遺下半點湯汁，就連魚骨頭我們都嗦了好幾遍才依依不捨地丟掉。

吃完飯後鬣狗就被我趕回自己家去了，在休息前我把手槍從床鋪底下拿了出來細心地拭擦着，打從我在礦洞裡得

到手槍後，這已經快要成為我每天睡覺前必做之事。

在我用乾布拭擦着槍身時，心中琢磨着以後得弄些錢回來去托人買子彈以及槍支保養用的油回來，不然這種得物而無所用的感覺實在讓人很是鬧心。

兩天很快又過去了，我以幫武痴也弄一條魚為代價，將工作全都扔了給他後又偷偷溜了出去江邊。仔細想想，其實我覺得這宗交易還是挺划算的。

抵達江邊時，戴着漁夫帽的孫老頭在岸邊閉目垂釣，我瞄了他身旁的那個小竹筐一眼，發現裡頭已有兩條肥美的草魚躺在其中。我坐下後又跟他閒聊起來，在談話中孫老頭不時會經常提起自己的孫子，於是好奇的我就問他：「怎麼都不來見你孫子來陪你老人家釣魚？」

孫老頭先是一怔，過了好一陣子他才淡然道：「我那孫子一年前就沒了。」

糟糕，問到不應該問的問題了……

「抱歉……我……」
「沒關係，就算你不提，他仍然是走了。」苦笑着的孫老頭滿腹心事地望着面前的江河。

他的孫子名叫孫于兒，是個機靈的小伙子，不但聰明而且還很孝順老人，家裡人都很喜歡他。

在某個下着微雨的午後，舉着雨傘路經此江的于兒見仍有小孩於水中嬉戲，便急忙朝他們喊道：「趕快上來，一但雨勢變大，水流會將你們沖走的！」

然而小孩們卻把他的忠告當成是耳邊風，照樣在水中玩樂並嘲笑他多管閒事，于兒聽到後心裡又是難受，又是着急。就在他說完沒多久，雨勢真的變大了，但小孩們還是沒有想要離開的意思。

突然間，其中一個水性比較好的小男孩在江中央載浮載沉的掙扎着，顯然是遇溺了，只見他四肢亂扒並慌張地大叫道：「有人在抓我的腳！」

于兒見狀想也不想就跳進江中奮力地朝遇溺的小男孩遊去，最終他得救了，但于兒卻再也沒有上過岸。

孫老頭說到痛處時更哭訴：「我那乖孫兒，人死了，連屍首都找不回來……我知道他仍沉在這條江底之下，我相信只要天天來撒鉤總有一天能把于兒的屍體給鉤回來……」

六旬老人在我面前哭得撕心裂肺的，實在是教人心疼，

一個大好青年就因為這樣沒了，我要是孫老頭的話肯定會哭得更加傷心，所以我不難理解他現在的心情。

不過按他的方法來做，怕是等到自己駕鶴西去那天仍無法將于兒的屍首釣上來。要真如孫老頭所說，遇溺的小男孩曾經喊過有人抓自己的腳的話，那于兒恐怕是被當成替死鬼給抓走了。

於是我就跟他打探于兒走後這一年裡，江中還有沒有出過人命？他說不但沒出，而且連遇溺的都沒有。

我得悉後就感到奇怪，按道理來說被當成替身的于兒也要找一個人來代替自己才能投胎，不過整整一年都沒人出事……莫非是善良的于兒不忍心有人像他那樣遇害，於是一直在江中默默地守護着大家？難怪每次孫老頭釣魚都起碼釣到五六條，而我卻零收穫。

（別把你釣不到魚的責任賴到別人身上啊！）

或許于兒是在以另一種方式來孝順自己的爺爺吧……

「讓死者活過來我就做不到了，不過讓屍首從江底浮上來也許還有機會。」

孫老頭聽罷激動地抓住我的肩膀說：「小兄弟！此話當真？你……你真的有辦法讓于兒的屍體浮上來？」

「我只是知道辦法而已，能不能成功我不清楚，不過仍有嘗試的價值。」

「要是成功的話，你讓我把所有的家當全給你都沒有問題！求求你了…讓于兒回來吧……」他用力地握緊着我的手道。

「家當就免了。」我笑着用手指向小竹筐裡的那兩條魚：「事成後，把牠們當作報酬吧！」

當天晚上，我左手拿着手電筒右手抱着一個西瓜和孫老頭再次來到了江邊，我記得張神算給我的那本書上記載着用西瓜讓屍體浮上來的方法，西瓜的諧音是「屍歸」，有着尋找溺死者的能力，於是我把于兒的全名以及生辰八字都刻在西瓜皮上，然後用力地往江裡拋去。

只見西瓜在水面上載浮載沉，過了良久仍毫無反應，孫老頭焦急地問我：「怎麼于兒還沒有浮上來？」

「再等一會兒吧，時機到了自然會有結果的。」我安慰孫老頭，同時也在安慰自己，因為我也沒甚麼把握，單純是抱着一個「失敗頂多虧一個瓜」的心態來試的，但孫老頭

可不一樣，他是深信我能幫他找回于兒的屍體的，對於深信自己的人，我可不想叫人家失望。

我們只能在岸邊跟着西瓜隨水飄流，但來到江河中間時西瓜突然像灌鉛般沉了下去！我跟孫老頭見狀都屏住呼吸，緊張地望着西瓜下沉處，過了一會兒後一個黑色的人形物體就從水底下浮了上來！

我馬上下水用繩子把人形物體套住並拉到岸邊，在它上岸後我才發現那果然是一具男性屍體，泡在水裡不但沒有發脹而且還保存得相當完整，身上一處被魚啃過的痕跡都沒有，孫老頭在看清它的面孔後就悲痛地伏了在屍體上痛哭。

「于兒啊！我的乖孫子啊！！你終於回來了……你終於回來了……你知不知道爺爺想你想得多苦啊……我的好于兒啊……」

眼見老人如此激動，我的鼻頭也感到酸酸的，眼淚也開始在眼框中打轉，差點沒哭出來。

在他痛哭的同時，左手小指上的紅線忽然間收縮了，於是我就把佛牌從脖子上解了下來，一名臉色蒼白但長相秀氣的年青人輕盈地出現了在眼前。

「你就是于兒吧？」我問他。

　　年青人默默地點了點頭，然後就抿起嘴望着伏在自己屍身上的孫老頭。

「不去抱一下你爺爺？他可是想你想得快瘋了。」

　　于兒無奈一笑並搖了搖頭，他笑的時候眉宇間跟孫老頭很是相似，接着他幽幽道：「不……我要走了，更何況……」他頓了頓後很是失落地說：「我已經失去擁抱他的能力了。」

「謝謝你，讓我跟我爺爺都了卻一件心事。」

　　于兒說罷就笑着化作了一道清煙往天上飄去，在銀月的映照下，讓這夜的星空更添上幾分悲劇的色彩。

　　而我只能坐在地上跟圓月說了一句……

「不客氣。」

天黑莫回頭

厲鬼 壹 陰宅

【老爸篇】

狩獵

在于兒下葬那一天我也有去，孫老頭的家底還算不錯，能買得起一副厚板棺木給于兒用，一般人在那年頭能有一副完好的棺木已經算不錯了。

于兒的棺木雖好但下葬的地方卻不怎麼樣，我在參加葬禮時發現該地段的墓地早已雜草橫生，地上更滿佈動物的爪痕，偶而更能看到一些埋得太淺的棺木破土而出，從破損處凝神一望還能看清楚躺於其中的屍骸，每當遇見這種情況時，我就會在口中默默唸着「阿彌陀佛」然後當作甚麼也沒看見的急步離開。

下葬時，孫老頭與其家人仍然哭得呼天搶地，他們的心情我是了解的，在完事後孫老頭偷偷把我拉到一旁並從懷裡塞了一個小包給我，我把小包拿到手上一掂分量就知道裡面裝的是錢，孫老頭說這點錢就當作是幫他找回于兒屍體的報酬。我起初還真有點衝動想收下的，不過當我想到這些錢很有可能是孫老頭自己的棺材本後，就立馬將小包還了給他。

我跟他解釋道自己其實也沒幹甚麼事情，只是幫他拋了一個西瓜而已，要是這樣也敢跟別人要錢就未免有點太過

缺德。孫老頭見我堅持不肯收也就不勉強我，後來儀式結束後我們就分道揚鑣各自回家去了。

在路經市集的時候，我見已經中午了於是就到路邊的小麵攤裡叫了一碗陽春麵來吃，我拿起筷子把麵條夾進嘴巴裡一嚐發現味道還不錯，店家下的料挺足的，下一次可以叫上武痴來嚐一下。

當我端起碗喝着湯時，有兩個作獵戶打扮的男人在我旁邊的桌子坐下來了，他們在叫了兩碗麵後，其中一個獵戶就跟他的同伴抱怨起來。

「媽的……又讓那傢伙給跑了，蹲了整整一宵的努力全都白搭了。」頭上綁着紅頭巾的獵戶抱怨道。

「看你在說甚麼風涼話！你是完好無損沒錯，可我呢？我的手臂可是被那畜牲給重重地咬上了一口！」另一個獵戶不滿地舉起手跟另一人展示自己被纏上了布條的左臂，白色的布條上被鮮血給染紅了一大片。

不過他們口中的「那傢伙」我還是沒有弄明白是甚麼玩意，是狼？狐狸？我放慢了喝湯的速度要想聽清楚他們之間的對話。

「瞧你說的，我也不是因為救你而撞到頭嗎？」綁着頭巾的獵戶指着自己的太陽穴說。

「哎喲……這天殺的傷口又痛起來了。」手臂受傷的獵戶突然表情痛苦地按壓着傷口道。

「把布條解開我看看。」

　　他聽到後就慢慢把手上的布條給解了下來，在傷口外露呈現在眼前時，一陣腐敗的臭味瞬間朝臉湧來，害我差點沒把吃下去的麵條給吐回碗裡。

　　我忍着惡臭兩手端着湯碗作掩飾瞄了獵戶受傷的手一眼，只見他整個前臂都瘀黑了一大片，尤其是以傷口旁邊最為嚴重，而傷口看上去是被某種犬科的動物給狠狠地咬上，那銳利的牙齒刺穿了手臂的皮肉留下了一個個黑洞在上面。而且更不斷有黃色的膿液經由傷口流出，畫面很是噁心。這些膿液應該就是手臂發出惡臭的原因，但也有可能是受損部分腐爛了所以才導致有如此惡臭傳出。

　　綁紅頭巾的獵戶見狀就皺眉道：「媽的……難道那畜生嘴裡還帶毒？不然怎會一天不到傷口就成了這副模樣？」

　　另一人咬緊牙關用力地把膿液從傷口中擠了出來，只見

黑洞裡同時噴出十多道腥臭無比的黃色膿液,在擠無可擠後痛得滿頭大汗的他從背包裡拿出了一條新的布條重新將手臂纏上。

「我看啊,吃完麵後還是趕緊去找大夫看看你的手吧,不然將來手廢了還怎麼接活來幹?」綁頭巾的獵戶說。

手臂受傷的獵戶不忿地用完好的手臂一掌拍在案上:「媽的!才想怎麼會有人出上五塊錢來懸賞一隻野狗!原來這畜生比狼還要難對付!真他娘的氣死我了!等我傷好了一定要去好好收拾那該死的狗雜種!」

此時店家已把麵條送到兩人的桌子上了,他們拿起筷子就立馬狼吞虎嚥起來,無暇再說話,而我覺得也打聽得差不多了於是就跟店家結帳走人。

得到這一個情報後我心裡樂得開了花,整整五塊錢啊!當時我幹一年也只有兩、三塊錢!這莫非是上天給我送餡餅來了?不撿白不撿啊!套隻野狗有五塊錢!這麼好的活上哪找?

(可是你沒聽到連獵戶都吃了那頭野狗的虧嗎?)

我當時腦袋裡只想着五塊錢、五塊錢和五塊錢而已,大

概有百分之零點二左右是跟那野狗有關。

（這基本上想的都是錢啊——！）

我哪會想那麼多危險不危險的！有錢就行！更何況是當年的五塊錢！如果他們說對手是狼或者虎的話我也許不會考慮，但單論抓野狗的手法我跟武痴可不比專業的獵戶遜色！我們一人一根打狗棍和套狗繩都不知道抓過多少野狗！再加上現在手頭上還有一把槍！要真的搞不定就用槍往牠腦袋來上一發，還能不死？總之我當時覺得這活是穩賺不賠的！

在回到家後我把這消息告訴給武痴聽，說抓到一隻野狗後會有一塊錢後他也樂得開了花。

「真的有一塊錢嗎？」他興奮地問。
「騙你幹嘛！一塊錢肯定有！抓到後我們五五分帳！怎麼樣？兄弟我夠意思了吧？」
「一人一半也有五毛啊！這都差不多抵上我們三個月工資了！我要！我參加！」

看到他這高興的模樣，我就知道……我的計劃成功了。嗚哈哈！

（你沒救了……）

　　我記得在衛生所前面豎立的公告板上有一張傳單，內容是最近墓地方向有野狗出沒，會襲擊路人，請大家注意。墓地的話應該就是指於兒永眠的那一個墓地了，於是第二天中午我跟武痴兩人就拿好工具前往墓地準備。

　　再次抵達墓地，它仍然還是那樣荒蕪，無人出殯再加上有野狗咬人的傳聞讓老百姓對此地避之則吉。

　　雖然冷冷清清的讓我覺得不太自在，不過冷清也有冷清的好處的，待會兒若真要開槍的話就不用怕會誤傷途人了。

「喂……耀祖……我們要在這裡待多久啊……」武痴不安地左顧右盼，生怕自己會不小心踩到別人的遺體。

「媽的，昨晚你不是還很興奮的嗎？怎麼今天一來到就這副熊樣了？」
「你又沒有跟我講過要來墓地！我還以為只是普通的上山抓野狗而已！」
「不過是墓地罷了！又有甚麼可怕的？」我嘴上雖然在逞威風，但心底裡還是覺得毛毛的。

　　上次義莊事件單是一具女屍都已經如此麻煩，現在這片

土地裡躺着的屍體不管是有人拜祭的，還是已經荒廢了的，加起來少說也可能有好幾百具。

「要是它們在晚上爬起來，我們該怎麼辦才好？」武痴不安地打量着一副外露於泥土中的棺材說。

「這不廢話嗎？要真他媽全爬起來了當然得跑路啊！難不成你想留下來與它們作伴？」我白了他一眼後走到一株高大的榕樹下坐下。

「我當然是問跑不掉那怎麼辦？耀祖你平常有那麼多鬼主意，到那時候肯定會想到逃生的方法吧？」

「當然有！我手頭上就不有槍了嗎？」我從腰間掏出了那把左輪手槍在武痴面前晃了兩下：「有這個肯定就沒問題。」

「可你不是說只剩下三發子彈？」他疑惑地問。

「要真他媽到那種絕境，我跟你一人往頭裡開一槍就沒事了，還有多餘子彈拉一個下來陪葬。」我用手槍指着自己的腦袋假裝扣動了扳機。

「屌。」

見時間尚早，我讓武痴一個人走來熟習一下環境，順手看看有沒有甚麼線索留下，而我則在榕樹下整理着要用的工具，打狗棍、套狗繩還有裝狗屍用的麻袋，所有工具經已齊全，抓狗時該不會出甚麼大問題的。

最後就是手槍，我幾乎每天晚上都會檢查一下，狀態就不會說了，只是不太捨得用子彈而已，不到最後關頭我決不會用上它。

在檢查完畢後武痴突然從遠處朝我揮手，看來是有所發現讓我過去的意思，我把東西都擱在榕樹下就朝他所在的位置奔去。

「你快看！」武痴焦急地指着自己前方的墓地說。

我端詳了一下發現是一副半露在泥土外的棺材，棺中的骸骨七零八落的散落在墓地四周。裡頭那倒霉鬼怕是被野狗刨出來給啃了。由於年代已久，棺木的外層已腐爛得脆弱不堪，而且一看就知道是用很次等的木材所造，棺材蓋子上還滿佈着動物的爪痕，那又大又深又長的爪痕沒有一定的力量是無法對木材做成這種傷害的。

棺材的一個角更被爪痕的主人用銳牙給咬出一個大破洞，而牠應該就是從這破損處將屍體從裡頭拖出來啃食。

【老爸篇】

種種跡象都顯示目標要比一般的野狗來得要強，我還真沒見過有野狗能將棺材咬壞再啃食屍體，而且獵戶的手臂更告訴我那傢伙的牙更可能帶毒。

　　我終於明白為甚麼會有人願意花上五塊錢來要牠的命了。

狩獵

天黑莫回頭

厲鬼
壹
陰宅

【老爸篇】

野犬

　　我跟武痴一直在墓地內耐心地等待野狗出現，但當日落時分仍不見其蹤影時，武痴開始喋喋不休起來，東拉西扯的就是不肯消停，別人看來可能會以為他是在抱怨我把他帶到這鬼地方，可認識他已經有一段長時間的我很清楚，他是想借講話來掩蓋自己心中的不安。

　　武痴本身就是個話嘮子，廢話特別多，而在這片荒野中又沒有人能當他的聽眾，所以靠坐在榕樹底下的我就只能當作沒聽見給忍了，免得他憋得精神失常待會兒抓狗時來拖我後腿。

「耀祖，你說年青人是應該需要有理想、有夢想的，對吧？」
「是，是。」我抽着煙隨意地回應了他兩句。

「我的夢想是開一家武館，把八極拳發揚光大，最後再把鄰村的小倩娶來當我的媳婦兒，你看這理想怎麼樣？夠偉大不？」
「前者或許還有可能，後者你就及早死了條心吧。」我沒好氣地說。

　　武痴馬上像是受到打擊似的說：「欸……為甚麼？」

「人家小倩是村裡一支花，可你呢？一副傻大個的樣子，每次你去跟人家打招呼時，人家瞧都不瞧你一眼，還想娶她當媳婦兒，想太多了吧？」

「我相信精誠所致，金石為開！只要我付出真心，小倩總有一天會被我打動的！」

「喔。」

此時太陽已西下，天空陷入了黑暗當中，我從背包裡拿出了火水燈，為這個昏暗的環境帶來了一點光明，接着我們倆就拿出乾糧吃了起來。

「對了，能問你一個問題嗎？」滿嘴乾糧的武痴突然問道。
「又怎麼啦！」
「我怎麼從來沒有聽你提過自己的夢想？」
「夢想？」

對了，夢想……我的夢想到底是甚麼？這個問題我從來沒想過。武痴想開武館來為禍人間，村頭養豬的小陳想當官，而住在小陳旁邊的花子一直想嫁給他。

每個人都好像有着自己想做的事情，而我呢？

我低下頭開始沉思着這問題……要真說夢想的話，一直以來腦袋裡所想的淨是偷懶的事，其他甚麼偉大的東西我壓根兒想都沒想過。如此看來，也就是說我是一個沒有夢想的人……嗎？

「怎麼突然不講話了？」坐在我旁邊的武痴推了我一把說。

　　媽的……連武痴也有自己的夢想，我怎麼好意思開口跟他說：「沒有，我沒有夢想。」於是我就隨便瞎編了一個夢想給他。

「有啊，我的夢想是十八歲那一年能儲到一千塊錢，而且我已經完成一半了。」

　　武痴聽到後大驚，急忙又問到：「你真的儲到五百塊了？我怎麼沒聽你提過？」

「不，我十八歲了。」我淡然地說。

　　話音畢落，遠處就驚地傳來一陣狗吠聲，林中的鳥在察覺到有危險後紛紛飛至空中，我立馬讓武痴閉上眼睛然後迅速地將火水燈給關掉，過了一會兒待眼睛已習慣黑暗後我才讓他重新睜眼。

「怎……怎麼把燈關了？這麼暗眼睛不好看路，要是被石頭絆倒了那該……」

「閉嘴。」我用認真的語氣斥令武痴。

武痴知道我不是在跟他開玩笑於是就乖乖地把嘴閉上了，而我則藉着微弱的月光在觀察着周圍的環境，直覺告訴我野狗差不多要來了。

可沒等到野狗來，無數顆幽綠光點就突然自天空中降落到地上，我起初以為是鬼火而嚇了一跳，可是仔細一想，沒道理啊，鬼火的顏色該是幽幽的藍光才對嗎？結果凝神一看發現原來是一大群烏鴉從天上落到墓地，那些綠色光點就是從牠們眼睛裡發出來的。

只見牠們全都飛至那具被刨出來的屍體處，紛紛啄食着殘留於骸骨上的腐肉，在啄食時更不時發出「啊啊」的叫聲。

那倒霉鬼生前怕是做了不少壞事，所以在死後才會被野狗刨了出來，更被烏鴉啄食，當死人當到它這份上可真是倒霉透頂了。

「武痴，趕緊找個下風位躲起來，我感覺野狗快要來了。」我指着剛才鳥兒受驚飛起的那一片樹林說。

狗的鼻子比人要靈敏，要是就這樣堂而皇之的待在樹下，我們身上的那股活人味可能會讓牠有所戒備，躲到下風處就不用怕身上的味道隨風飄至牠的鼻中，如此一來我們就有機會殺牠一個措手不及。

在找到藏身地點後我們繼續觀察著烏鴉群，牠們黑色的羽毛與黑夜融為一體，我只能透過牠們綠色的眼睛來確定牠們仍在啄食中。

在等待了一會兒後，綠色的眼睛群中突然憑空冒出了一雙赤紅如血的眼睛！

只見那雙血紅之眼正慢慢的朝著地面上其中一雙綠眼睛接近，在離它不遠時血紅之眼馬上以迅雷之勢撲了過去，綠眼睛「唰」的一下就在黑暗中消失了。

而此舉動則驚動了身邊其他的烏鴉，牠們不約而同地拍動翅膀往天上逃去，而在我眼裡就只能看到那一大群綠色的光點由地面升至天上，如今就只剩下那雙血紅色的眼睛仍在地上。

此時一塊原先遮擋著月亮的雲塊飄走了，皎潔的月紗隨即灑落於地面上使血紅之眼現出了牠的真面目。

只見一頭渾身盡是腐爛之肉的狗正張着血盆大口啃食着烏鴉。烏鴉的頭已被給牠整個咬掉，剛剛那一擊恐怕是瞄準着牠的頭來狠咬下去的。

其他盤旋在天上的烏鴉見狗正在啃咬同伴於是就開始對牠作出攻擊，牠們一窩蜂的全都凌空俯衝向那狗，用自己銳利的爪子和堅硬的喙奮力地攻擊牠，只見牠身上不少腐肉都被抓走以及啄走，但牠仍然一臉不在乎的照樣啃食着剛剛那隻烏鴉。

過了沒多久，左側的身體都已經能見到那一條條的肋骨時，牠才有所反應，不過並不是因為疼痛而是因為烏鴉已被吃完了，所以牠改為向其他的烏鴉作出攻擊。

只見牠舉起一隻爪子精準地把面前一隻烏鴉從空中拍落至地上並死死的壓住牠，烏鴉在體型差距下，只能眼巴巴的望着野狗張開巨口將自己的頭給咬掉。這動作重覆了幾次後就有幾隻烏鴉成了牠的爪下亡魂。

烏鴉是很聰明的動物，牠們見自己的攻擊不起作用，就意識到自己不是牠的對手於是馬上作鳥獸散，而逃跑的時候又有兩隻烏鴉被牠抓住咬掉了頭。在烏鴉群全都散去後那狗才悠然地吃着自己的戰利品。

而把一切都看在眼裡的我整個嚇呆，因為我從來沒有見過如此凶猛的野狗，媽的，被啄得都見到骨頭仍然一臉無所謂的樣子，這畜生是沒有痛感神經的嗎？

在不遠處的武痴目睹後也是被嚇得目瞪口呆，只見他嘴巴張得大大的久久不能合攏，過了一會兒後他終於望向我尋求下一步的行動。

我向他打了個眼色讓他拿着打狗棍和套狗繩繞到那狗的後方，趁牠還把注意力放在吃烏鴉時跟牠來上一棍殺牠一個措手不及，可是那慫貨在節骨眼居然給我搖起頭來！說甚麼也不肯上！

他躲到樹後用手比劃了一個開槍的手勢，看來他是想讓我用槍來解決掉那狗。屌！子彈那麼珍貴能隨便用的嗎？我小聲地噴了一聲後就想自己繞上去把牠解決。

可是躡手躡腳走了幾步後我就看到牠嘴中的牙齒，通常狗牙都是尖尖長長的，不過牠的牙不但又尖又長而且還彎彎的帶勾，我看到後心都寒了起來，待會兒一但偷襲失手被那畜生給咬上一口的話肯定不是掉層皮就能了事，這利牙咬下去可是能把整塊肉給扯掉的啊！

那獵戶被咬了後只是留了幾個牙洞還真是不幸中之大

幸，不過我就不想冒這個險了，一顆子彈就一子彈，反正拿到錢後能買到更多的子彈，有槍在手沒必要犯這個險。

我躲了在樹後將子彈上了膛後就瞇起眼睛瞄着那畜生的頭，不過由於有點緊張的緣故，手有點發抖不能好好的瞄準，此時那狗已經在吃第四隻烏鴉了，地上的剩餘的烏鴉數量也所餘無幾。

我放下手槍深深地吸了一口氣，機會只有一次，要是打歪驚動了牠的話我們倆肯定會吃不了兜着走。想到後果之嚴重後我就冷靜下來重新舉槍瞄準。

由於這狗因為要吃烏鴉而停了下來，這對我來說是一個十分難得機會。

我在瞄了良久後終於扣下了扳機，槍口裡發出了一聲巨響後狗頭也隨之炸開了，牠那失去頭顱的身體重重的摔落至地上並濺起了無數烏鴉的羽毛。

「中了！！！真他娘的中了！！！」我激動地緊握拳頭說。

在巨響過後，墓地又變得死寂一片，鴉雀無聲，那狗屍雖然已倒在地上動也不動，可我跟武痴就是不敢上前去確認牠到底死了沒。

過了大概十來分鐘後，我終於鼓起勇氣拿起工具朝牠屍體走去，而武痴見我肯帶頭就立馬跟了上來，抵達狗屍身旁時牠仍然保持着倒下的姿勢沒動，也沒有突然爬起來襲擊我們倆。

　　武痴見狀就拿起打狗棍用力地捅了牠好幾次，結果都沒有反應，於是他就開始得意洋洋地自我膨脹起來了。

「你看！我就說嘛！區區一條野狗又有甚麼好怕的？」
「武痴。」
「怎麼了？」
「下次先讓你的腳停止發抖再說這番話吧，渾蛋！」我沒好氣的指着武痴因害怕而顫抖着的雙腿說。

　　我丟下那傢伙不管開始收拾狗屍，剛剛可能是由於太過緊張而沒有發覺，這狗身上的腐肉實在臭的要命，我只好摀着鼻子然後用麻布袋把狗屍裝進去。

　　沒想到的彎腰時我發現那狗的爪子雖然也相當銳利，但是大小卻跟中午我們在棺材上所看到的爪痕不同。

　　於是我將牠的屍體拖到那個棺材旁邊，然後把狗爪摁到其中一個爪痕上面，果然，不論是爪痕的深度抑或闊度，這隻狗爪皆不吻合，也就是說在棺材上留下爪痕的動物並

非這頭野狗。

　糟了……

「嗷嗚——」從遠方驀地傳來一聲狼嚎，直叫得我毛骨悚然。

「有狼！」武痴不安地朝四處張望想要尋找聲音來源。
「你傻啊你！我們這邊方圓幾百里的狼早已被獵戶打光，怎麼可能還會有狼！」

「那……這聲音到底是咋回事？」
「看來是這傢伙的同伴要來了，把牠裝進麻袋後趕快逃命吧！」

　武痴一邊把那狗屍裝進麻袋裡，一邊一副打破沙鍋問到底的樣子：「這明明是條狗啊？難不成狗還能跟狼做伙伴？」

「媽的，你怎麼那麼多問題？狼本來就是狗的祖先啊！狗會學狼嚎有甚麼好意外的？你有時候不也學大猩猩搥胸？」

「嗷嗚——」聲音要比起剛剛更接近我們，而且語調聽起來十分哀傷，彷彿牠在無形中已得知同伴的死亡。

　我曾經聽人說過狗學狼嚎是因為狗在哭，是不吉利的象

徵，家中要是有狗學狼嚎肯定就會有不好的事情發生。

武痴已把那狗屍收拾好了，於是我就急忙打開火水燈並朝村子的方向跑去。

媽的，怎麼走了這麼久都還沒到？平常墓地這段路走起來都不覺得要花這麼長時間，那狼嚎聲不但愈來愈接近，我還隱隱約約能聽到有東西在草叢裡快速移動時所發出的「沙沙」聲。

「武痴！跑快點啊！」武痴雖然體力比較好但背着那狗屍飛快地跑了三十多分鐘後也開始喘起氣來，而我則因為手上只有一根棍子和繩子所以沒有多大的影響。

「你…你真是站着……站着說話不腰疼……你來背着這玩意跑跑看？」武痴喘着大氣說。

再過了幾分鐘後，武痴終於跑不動要休息了，他背靠着一顆樹站着來減輕雙腳的負擔，作為習武之人的他很清楚這種情況下愈是累就愈不能坐下來休息，要是坐了下來就很容易因為血液沒法運送上頭部而造成短暫的昏眩。

在他休息的時候，一雙血紅色的眼睛冷不防的在他背後出現，隨之而來的更有野獸的低沉的嘶吼聲。

「嗚……」血紅之眼的主人在黑暗中發出了這種沙啞的叫聲，接着牠就從暗影處抬起爪子慢慢地走進了火水燈照到的範圍。

果然牠不是狼而是狗，樣子跟剛剛我們打死的那一隻相差無幾，不過體型就不一樣了！牠長得都差不多跟一頭小牛犢一樣大了！

如今牠正咧着牙死死的盯着武痴不放！

武痴聽到聲音後立馬就一個輕跳離開了從樹旁離開，而巨型的野狗見武痴有所行動也就馬上張開嘴巴朝他撲了過去，可是沒想到武痴落地時因雙腿發軟而站不穩，在地上搖搖晃晃地走了幾步。此時巨犬的嘴巴已經快要夠着他的後頸了！我見武痴沒法躲開巨犬的飛撲，只好衝上前用木棍的前端朝着牠的嘴裡狠狠地捅了進去，順利阻止了牠的進擊。

「快跑！」那巨犬被我用木棍掛了起來，兩隻前肢正不斷用力抓着木棍，後腳則在空中亂蹬。

喉嚨對狗來說是一個很脆弱的部位，所以這一下應該能說是正中牠的要害，不過巨犬挨了這一棍後不但沒有因此而縮退，反而更因為我阻止了牠的攻擊而飈怒起來，只見

牠的嘴巴用力一合就輕輕鬆鬆將我那橡木造的棍子像牙籤一樣給咬斷了！

他奶奶的！這可是老子三年前花了整整五分錢買回來的橡木棍！在三年期間都不知道有多少野狗死於此棍之下！現在這打狗神器居然就這樣斷了！老子他媽今天跟你拼了！

火冒三丈的我從腰間拔出手槍想要給那畜生來上一槍，但沒想到那畜生居然無視我，把我扔在那裡朝武痴奔去了。

武痴見到後大驚，一邊跑一邊對那巨犬罵到：「我屌！打你的又不是我！為甚麼偏偏要追着我不放啊啊啊！！！」

巨犬似乎對武痴情有獨鍾，第一次襲擊選的目標是他，現在追趕的目標也是他，莫非是武痴上輩子做了甚麼對不起狗的事情嗎？

嗯……雖然這輩子他也做了不少。不過若說是吃狗肉的話，我也沒少吃啊？

一直沒想明白的我在武痴身後的裝有狗屍的袋子後就明白了，巨犬是想從武痴手裡奪回狗屍，所以才盯着武痴不放。

「武痴！快把袋子扔掉！不然牠會一直追着你的！」我急忙追上去朝已經跑得很遠的武痴喊道。

「為甚麼啊！！」
「牠要的不是我們的命！而是袋子裡的那條狗啊！你把袋子扔掉，分散牠的注意力後我就找機會一槍把牠給崩了！」

　　體力已經不多的武痴眼見巨犬已快要追上自己，縱使不捨但為了保命也只能咬牙將袋子用力拋向遠方，巨犬見到後果然拋下武痴不管直往袋子奔去了。

　　我見狀大喜急忙追了上去後用手槍瞄準巨犬的頭部，目標變大了，瞄起來也更容易了。

　　不過在目睹巨犬接下來的舉動後，我那挨着扳機的手指就久久未能按下。因為巨犬用銳牙把袋子咬破後就將狗屍從裡頭叼了出來，牠先是用鼻子拱了拱狗屍並發出可憐巴巴的「嗚嗚」聲，見牠仍然毫無沒有反應就疼愛地用舌頭舐舔着狗屍身上的傷口。

「這巨犬⋯⋯該不會是那條狗的母親吧？」在我旁邊的武痴說。
「我⋯⋯我也不清楚，或許吧。」我居然結巴起來。

巨犬見自己的孩子還是沒有反應，於是就坐在地上朝星空發出了哀傷的狼嚎。

「嗷嗚——————」

　　哀號中像是在哭訴着甚麼似的，我原本舉着槍的手慢慢垂了下來，不知道為甚麼看到這一幕後我完全喪失了開槍射殺牠的衝動，取而代之的是如果牠不再過來攻擊我們的話，我也不會開槍還擊。

　　果然巨犬沒有想要攻擊我們的意欲，只見牠叼起狗屍狠狠盯了我們一眼後就慢慢步入樹林，消失於黑幕當中。

　　我這是怎麼了……殺狗無數的我怎麼突然間不忍心動手？

「走吧，回去了。」我搔了搔頭不好意思地跟武痴說。

　　武痴也無奈地苦笑着搖頭跟在我的後方。

　　但是過了沒多久後，樹林裡忽然傳出了數下槍聲，我跟武痴互望後就急忙沿着聲音方向走去。

　　到達現場後我驚呆了，昨天那個綁着頭巾的獵戶，只見

他一手拿着獵槍，一腳踏在巨犬的屍身上，雙眼流着淚悲痛地說：「兄弟啊……哥替你報仇了……你現在可以安息了。」

「武痴，我以後再也不吃狗肉了。」感到異常無奈的我在轉身離開時說。

「嗯……我也不吃了。」

【老爸篇】

水井

「哇靠，現在幾點了？」老爸忽然像是想起甚麼似的問我。

　　我看了看手腕上的錶發現原來都已經快十二點了，老爸看到後就想讓我先行回家，其他的故事留待下次再跟我講。

　　我聽到後當然不依：「白袍道人的事你都還沒講完！」

「那個男的啊……他的故事可長咯，要真是講的話可能得花上一天一夜才行，今天怕是講不完了。」

「他到底是甚麼人啊？」我疑惑地問到。

「人？」老爸聽到後苦笑了幾聲又說：「他已經不能當是人來看待，要知道在怪物眼中裡他也算是一個怪物般的存在。」

「不……不是人？」

　　老爸點了點頭：「我知道如今的他仍然活着，若果有一天你不幸遇到他的話……趕緊跑吧，那可是張神算師徒倆都沒法對付的怪物。」

連張神算都應付不了？

「欸，我再給你講今天最後一個的故事吧！聽完後你趕緊回去吧，我也要休息了。」

老爸拿起裝有白酒的小杯一飲而盡，接着就把回憶中的故事向我娓娓道來。

還記得那一天是個非常炎熱的中午，太陽異常毒辣害我把農活幹到一半就忍受不住溜了回家，不過在家裡的感覺也沒有多好，因為那個時候沒有甚麼電風扇、冷氣機甚麼的，剛好那一天又沒甚麼風，即使我把門和窗戶打開了家裡仍然像一個烤爐般悶熱。

於是我就想去村裡的那口井中打點水回來抹一下地板和窗戶，這樣水分蒸發時可以帶走一點熱能，從而使家裡可以涼快一點，跟放冰塊的原理是一樣的，不過用的是水而已。

說到用水的話，這抹地板的水還是有點講究的，非得用井水來抹不可，用河裡打回來的水是沒甚麼效果的，抹完後家裡照樣是那麼熱。這箇中的理由是甚麼我也不太清楚，不過可能是跟井水是在陰冷的井裡取的有關，同樣是一盤

水，井水就是會比河水要涼快。

於是我就拿着家裡唯一一個價值高達一毛錢的鐵桶往村裡的井口走去，結果抵達那時發現有一群人在井旁議論紛紛，平常都不會有這麼多人在這裡聚集，今天忽然來了一大群，肯定是井裡出甚麼事了。

該不會是有人投井了吧？他娘的，這村子就他媽這麼一口井，大伙兒日常生活所用到的水包括洗澡、煮飯甚麼的都是從這口井裡取的，要是死了人以後還怎麼用？

我急忙走到人群的後方打聽到底發生了甚麼事，一個老頭告訴我這井不知道為甚麼突然間乾涸了，只剩下一點點的水在井下面，現在大伙兒都不知道該怎麼辦才好。

我聽到大喊倒霉，要是死了人起碼還有一口井在，不畏忌的人還是可以照常使用，現在井水乾了就鐵定是全村的人都沒水能吃了。

媽的，這種鬼天氣要是沒有水喝是要出人命的，有人提議派人去江邊取水回來給大伙兒用，要是大家都省着點用的話還是能湊活過去的，不過江邊跟村子的距離有點遠怕是在取回來的途中就灑了一大半，這樣不但效率低而且還很累人。

此時不知道從哪冒出來的武痴就跟大伙兒提議：「咱村不遠處不是還有一戶人嗎？我記得他們家的園子裡好像也有一口井的，不如就去那裡取水吧？」

經武痴這麼一提醒，大伙兒突然就想起還真有這回事，於是就琢磨想去那裡取水回來用，可是又有人提醒大家那戶人打從被紅衛兵抄家後就荒廢了，不但沒人打理而且還有鬧鬼的傳聞。

說起那戶被抄家的人，他們姓甚麼我不太清楚，但是他們被抄家的原因我還依稀記得，那年頭有段時間給小孩取名字的時候很喜歡給他們帶一個「衛」字，比如說像是「衛東」就是有保衛毛主席的意思，「衛彪」就是保衛林彪，「衛國」很明顯就是保衛國家的意思。

我記得那戶人家給自己三個小孩的名字按順序大小取了「衛國」、「衛民」、「衛黨」，想取其保衛國家、保衛人民、保衛共產黨的意思。聽起來沒甚麼問題，而且還很正氣的樣子。但事實上這三個名字取得可糟透了，你把衛字後的順序唸出來一次看看？

（國、民、黨……欸？）

衛國民黨！紅衛兵得知後就以為他們希望國民黨反大

陸，屬叛亂分子，所以找了一大票人把他們家給抄了，結果在他們家還找出了不少民國時期的鈔票，那些鈔票原本是錢來的但在國民黨轉戰台灣後就成了廢紙，戶主拿着這些原本是錢的廢紙又不捨得扔掉於是就藏在家裡當作是紀念品，沒想到這些廢紙卻變成了他們是叛亂分子的證據。

那戶主得知大喊冤枉，不過這罪名他是跳進黃河也洗不清了，不但家被抄而且還被人抓了去批鬥進行思想改造，沒想到在批鬥過程中全家人都被紅衛兵給批死了。

從此那一戶就荒廢起來，而且還陰裡陰氣的一副生人勿近的樣子，傳說女戶主很喜歡坐在井邊梳頭，有一次入黑後，有一個樵夫從山裡回來路經那一戶時聽到有歌聲從園子裡傳出，在好奇心驅使下樵夫壯着膽子進去一探究竟，結果就看到一個身穿白色裙子的女人在井邊梳理着自己那把烏黑亮麗的長頭髮，而且在梳的時候還一直唱着歌。

樵夫被那婀娜多姿的身影以及歌聲所接引，他不自覺地慢慢朝着女人的方向走去但沒想到走近一看卻發現……

哇！！！！！！

（……老爸，同一招用太多次就不會有效了。）

嗤……

那樵夫看到那女人的臉後大吃一驚，因為那把秀髮下居然是一個骷髏頭！骷髏朝着他張開嘴巴後數之不盡的蟑螂就從裡頭蜂湧而出，那樵夫差點沒被嚇破膽，他連斧子顧不得要撒起腿一溜煙地跑了，從那時起村子裡就開始流傳那一戶鬧鬼。

「解決方案是有了，不過該讓誰先去打探那井是否還有水呢？」村裡的一個男人說。

眾人聽到後就馬上安靜下來，我心裡總覺得會有不好的事情發生，果然村民開始把目光往我和武痴兩人身上聚集着。

媽啊……我只是想來打盤水回家而已。

「唉……」在離開村子的那一刻，武痴垂頭喪氣地跟我抱怨：「怎麼老是讓我碰上這種苦差事？」

「屌！這句話應該是由老子來說才對吧？不是你瞎給村裡的人支招，老子他媽的用得着跟你去鬼屋取水？」我不高興地說。

鬼屋由於我沒有去過所以不怎麼清楚大概的位置，不過武痴說他有一次在山上迷路時曾經去過那裡一次，他自信

滿滿的拍着胸口說:「這一次就由我來帶路吧,你放心好了!」

　　由一個剛剛才說完自己迷路的人來為我帶路……簡直就是零說服力啊!可由於現在別無選擇所以就只能讓他來帶路了,我甚麼都不奢望,只求他能順順利利的把我帶到目的地就行了。

　　不過,現實和理想總是兩回事來的,你有聽說過墨菲定律嗎?

　　(好像聽過,不過具體內容不清楚了。)

　　很簡單,就是凡是可能出錯的事必定會出錯,比如擲硬幣時你總是會猜到錯的那面,兩條路你總是挑了錯了那一條來走。

　　而武痴他簡直就是生來引證這個定律是正確無誤的,在他英明的帶領下,原本該半個多小時就能到達的目的地,他娘的走了三個多小時硬是沒走到!

「喂!武痴!你不是說你認得路去那裡的嗎!!怎麼我們到現在連影子都沒見着!」

「奇怪……我明明記得那裡有兩個路標的，怎麼現在不見了？」武痴疑惑地在路上四處張望。

「路標？甚麼路標？」
「我記得那天經過屋子的西邊時有一條黃色的野狗，而屋子的北邊則有兩隻麻雀在樹上，如果找到這兩個路標應該就能找到那屋子了。」他一臉認真地說。

「……那個，你說的路標是雕像或者圖畫嗎？」我冷靜地強壓着快要爆發的怒火說。

「不，是活的。」
「你他媽居然給我用活物來當路標！狗能一整年坐在那不動嗎？鳥會一整年待在樹上不飛嗎？」聽到他那回答後，我的腦袋裡傳出了某種東西斷裂的聲音。

武痴聽到後如夢初醒的拍了拍頭說：「啊……」

我看到他一副傻相後就更氣了！我順手在地上抓起根木板想要狠狠揍他一頓，結果還沒揍下去武痴就高興地指着我手中的木板說：「嘿？原來在這，總算是找着了。」

聽得一頭霧水的我道：「找着了？」

「就是這裡！往裡面再走一段路後就會到了！」

　　我順着他所指的方向一看，那裡除了齊腰的雜草外就一無所有，怎麼看都不像是條路。抱着懷疑態度的我在把雜草撥開後就有了新的發現，原來在雜草的底下有着兩排籬笆，我手上的木板應該曾是籬笆的一部份，不過卻因日久失修而脫掉。

　　這路怕是久無人行所以才會被雜草給長滿，我見終於快要到達目的地，於是就琢磨先把正事辦了然後再給武痴進行思想教育。

　　不過其實也沒有甚麼路好領了，兩旁的籬笆已經起到良好的帶路作用，我們一邊用手把雜草撥開一邊往屋子的方向前進着，過了沒多久後我們終於來到了那陰森恐怖的大屋前。

　　在我們踏入大屋範圍內的那一刻，天色突然變得陰暗起來，而地面上各種的昆蟲也像炸了窩似的四處亂爬亂飛，我跟武痴也被這突如其來的騷動給嚇了一跳，兩個人不斷的用手驅趕着那些迎面撲來的昆蟲，在屋頂上築巢的烏鴉看到後紛紛飛了下來啄食蟲子。

　　一進來就撞見這種怪現象可不是甚麼好兆頭，我嘴裡默

第廿八章

水井

唸着：「各路兄弟有怪莫怪，小弟只是想到井裡取點水回去用而已，不是有心來打擾各位的。」我讓武痴快去園子裡井裡取水，趕快完事趕快走。

一般來說房子只要一段長時間沒有活人之氣的話，就很容易會被一些遊魂野鬼給佔領，情況就如一個在流浪漢為求有落腳地而跑去住破廟般，別忘了鬼生前也是人，也會想擁有一個屬於自己居住的地方，所以說房子並一定要死過人才會鬧鬼的，空置時間太長也會的。

面前這幢房子因多年失修，早已破破爛爛，而且由於屋內沒有開燈再加上天色變得昏暗的緣故，在外頭是看不清內裡狀況的，這使房子顯得更加陰森恐怖，你若說裡面沒有鬼的話，我怕是連三歲小孩都不會信，不過由於左手小指上的紅線暫時還沒有任何反應，大概是我們的舉動還未驚動它們，所以還是趁沒惹到甚麼麻煩前趕緊走人吧。

在我也動身走向水井時鞋子突然踢到了一個硬物，我好奇地彎下腰把那玩意給撿了起來，原來一把斧頭，這讓我想起樵夫的故事，我仔細地觀察着斧頭發現它的刃面已經被鐵鏽所佈滿，即使把它拿回去也沒法使用，雖然如此，但它的存在卻證明了樵夫所言屬實，我想沒有哪個樵夫會為了編個鬼故事出來唬人而把自己吃飯的工具扔在這種地方。

看來他當時的確是看到了甚麼東西……

「耀祖！你快過來看看！」在水井旁的武痴向正在思考中的我喊道。

我聽到後就把斧頭扔進鐵桶裡然後朝武痴走去，來到水井後武痴灰頭灰腦指着井裡說：「看來我們白跑一趟了。」

井邊長滿了枯死了的青苔，不過看上去是死了沒久的樣子，我把頭探進去井裡發現跟村子一樣，一點水都沒有。這到底是要鬧哪樣？怎麼連這裡的井都沒有水了？

正在我們都疑惑到底發生甚麼事的時候，天空突然下起傾盆大雨來，媽的，雨勢之大猶如有人在天上開了消防用的水龍頭似的，不到幾秒我們兩個人就渾身濕透，我們為了避雨只好闖進那陰森的屋子裡。

「屌，剛才天氣明明還好得很的，怎麼突然間就下起暴雨來？」我口中唸唸有詞地將濕漉漉的上衣脫掉，免得待會兒感冒。

而武痴則依舊穿着衣服不脫，算了，像他這樣的習武之人，體內的火氣比較盛所以用不着這樣做，而且我認識了他這麼久都沒見他生病。

房子裡黑呼呼的甚麼也看不清楚，於是我走到牆邊四處摸索想看會不會找到電燈的開關，摸了一會兒後還真被我找着了，不過按下去後電燈一點反應都沒有，現在回想起來覺得自己挺傻的，這屋子都這麼多年沒人住了，還有電那才叫嚇人。

我們現在只能靠從門口透進來的光來提供視野，過了一會後眼睛習慣了黑暗，屋子裡的情況也終於稍為能看清楚了，只見雜物四散一地，滿地都是垃圾和紙片，不難發覺這裡曾被人翻查過。

我跟武痴在門邊找了一個地方坐了下來，等待停雨，不過由於屋子相當破舊的關係，雨水從屋頂的破損處開始滲透進來，很快的屋子裡頭也下起雨來，不過這裡的雨勢比起外頭來的要小，我們兩個也只能將就了。

而就在雨勢最大時，園子突然傳來一把女聲，在豆大的雨點擊落在地面不斷發出「嗻勒嗻勒」的聲音時，那把女聲就如同魔音般不受任何影響直接傳達至我們腦中。我跟武痴兩人面面相覷，過了一會兒後我們把頭探出門口，沿着聲音傳來的方向望去。

聲音的來源，正是水井。

此時紅線也驀地收縮起來，於是我急忙將佛牌從頸上扯下，佛牌離開脖子的那一瞬間，眼前的景物剎那間變得花白，過了沒多久後視力又回復正常，天眼被打開後的我再度望向水井時卻發現……

那裡……甚麼都沒有。

雖然沒有樵夫口中所說的女鬼，但那把女聲仍不斷從水井處傳來，在聽了一會兒後武痴的眼神突然變得呆滯，若說他本來只是傻的話，如今的他看上去倒有幾分痴呆的感覺，只見痴痴呆呆的他突然猛地將站在門口的我推開，隻身走到暴雨之中任由雨點擊打在自己身上並朝着水井的方向行進着，他走路時腳步搖搖晃晃的像是喝醉了酒般，身體完全不受自己控制似的。

「武痴！你發甚麼神經！趕快回來！」我衝到暴雨中一把將武痴拉住不讓他繼續往前，要是再讓他多走幾步怕是要掉到井裡面去了。

可是面無表情的武痴在用力將我推開後又再次朝着水井前進。

正當我在想着如何阻止武痴時，身體忽然覺得一陣飄飄然的，即使沐浴在暴雨之中依能感到有一股暖流正遊走全

身，在那時候我開始產生一種園中那把詭異女聲很好聽的感覺，迷迷糊糊的我想靠近水井好讓自己能聽得更清楚。

從那時起我身體根本就處於放任的狀態，我亦如同武痴般痴痴呆呆的冒着雨往水井方向走去。

在自身的意識快要消失之際，一股冰冷刺骨的感覺驀地自天靈蓋處滲透進來，並且迅速地擴散至全身將那股迷惑人的暖意給中和了，我唰的一下就從夢幻中清醒過來，這時候我發現自己只差兩步就要掉到水井裡頭，而武痴的情況則更為險峻！他如今一隻腳已跨過井邊想跳到井裡去，我見狀大驚馬上死死的抱緊了武痴不讓他再繼續跨過去。

但是武痴本來就一身怪力，要壓制他的行動根本就不是一件易事，我在用盡九牛二虎之力後也只是僅僅能把他從井口邊稍為拖遠一點而已，我見武痴仍沒能從中夢幻中清醒過來於是就開始用力地扇他耳光，而且一下要比一下重，直到他的臉和我的手都腫了起來後，武痴才迷迷糊糊的揉着自己又紅又腫的臉醒了過來。

「發……發生甚麼事了？」武痴呆呆地望着我問道。
「你跟我都中了迷惑，差一點就跳井了，媽的，那聲音肯定有問題……」

天黑勿回頭

厲鬼
壹
陰宅

【老爸篇】

在我憤怒地臭罵着那把聲音時，我驀地發現在大屋門口處有一個身穿白衣的女人浮了在半空，她面上雖不帶半點表情但是卻沒有給人恐怖的感覺，這跟她身後陰森的大屋形成了一個巨大的反差。

只見女人舉起纖白的左手，指着我們身後的古井後就慢慢的化為清煙消失了，我見狀馬上來到井邊，那把迷人的聲音如今變得一點都不迷人，聽上去就跟豬叫似的，實在不敢相信我跟武痴剛剛就是被這聲音給迷住。

我再次往井裡面探頭時發現井底裡已被水給灌滿，而且更有一銀白之物在水中約隱約現、載浮載沉。

我把鐵桶用繩子綁住後就拋到井裡頭，花了好些時間才將那銀白之物從水中撈了上來。

第一眼看到那玩意的真面目時我被嚇了一跳，那是一條類似鯽魚一樣的魚類，不過除了鱗片外它全身都長滿了銀白色的毛，這玩意不逃又不跑，只會把嘴巴露出水面發着像豬般叫的聲音。

「屌……這是甚麼魚來的？」武痴看到後作了一個想吐的表情。

「這莫非就是傳說中的鮞魚？」我再次打量着那玩意發現牠跟傳說中會引起旱災的鮞魚的特徵非常吻合，不但長滿了毛而且叫聲跟豬一樣。

以這鮞魚的大小來看應該只是一條小魚苗而已，能力還不足以引在大旱災，但是讓井裡的水全都消失這種事它還是能做到的。

此魚平常躲於淤泥之下，一感受到有活人接近就會發出聲音迷惑對方，使其墮河墮井而死後再啃食屍身。其聲音極具穿透力以及吸引力，不論意志多堅強者只要聽到聲音都會無法抵抗地被迷惑。

不過幸好我在千鈞一髮之際被女鬼用冷寒之氣給救了，不然我跟武痴恐怕已葬身於井底之下。

不過那女鬼為甚麼要救我們呢？在我百思不得其解之際耳邊突然響起了張神算的聲音，我記得小時候他曾經跟我講過鬼魂也分為有害和無害兩種，如此看來那女鬼應該是屬於無害且善的那一種，不然我實在無法解釋她這樣的行為。

這樣想的話那個樵夫當時聽到歌聲後的確也是被迷惑了所以才向水井接近，若果不是女鬼把他嚇走的話他怕是

也沒命逃回村子裡。

　　在把鯛魚解決後該去好好道謝一番才行，我讓武痴拿起那把已經生鏽的斧頭將鯛魚拼命地往死裡敲，鯛魚離開了水後就沒法使勁，被健碩的武痴用盡全力打了幾下後就停止嚎叫，斷氣了。

　　在牠死掉的那一瞬間，天上的烏雲一下子全都散掉，炎熱的陽光馬上照射到渾身濕透的我們身上，使我跟武痴感受到由陽光所帶來的真正的溫暖。

　　武痴與我在放晴的那一刻就脫力地倒在地上，濺起了不少的水花。

「結束了嗎？」累透的武痴問。
「嗯。」我點了點頭說：「結束了。」

　　那鯛魚我不敢拿來吃，因為牠畢竟也算是妖怪的一種而且是靠吃人肉為生的，所以牠的屍體後來被我們給燒掉了，神奇的是剛把牠燒完沒多久，村中的井又再次有水湧出，這麼一來我就更加肯定這一次的事故是由牠所引發的。

　　而女鬼方面，我離開前曾經走進屋子裡想要向她道謝，不過卻再也找不到她的蹤影了，我想她只是希望有一個能

安居的地方罷了，所以我回到村子後將鬼屋的可怕之處誇大了十倍，讓全村人都不會再有去鬼屋的念頭。

這樣她總算是可以不受打擾的安居於鬼屋當中，這也是我唯一能表達謝意的方法。

老爸講完就伸了一個大大的懶腰說：「故事就暫時講到這裡吧，我要休息了，你先回去改天我再跟你講吧。」

而我雖然還想聽下去，不過礙於老爸已經累了再加上我明天要上班的關係，所以我也只好先跟老爸道別然後自己一個回家去。

在回家的路途上，我的腦袋裡一直想着老爸當晚所說的故事，真沒想過年輕的他居然曾經有過這麼多不可思議的經歷，有撲人的殭屍、會跟人討煙的乾麾子、吃腐肉為生的野狗還有救了他一命的凶宅女鬼。

這麼多的故事如果是講給外人聽的話，他們一定會以為老爸他是在胡說八道，雖然一開始的我也有過同樣的想法，但當我也親身體驗過類似老爸的經歷後，我就知道老爸他所說的並非虛言。

而且我很清楚今晚所聽到的只是他過往的冒險裡的冰山一角，下一次有空的時候我肯定得再讓他給我多講幾個故事，只希望在這之前我可不要親身遇上⋯⋯

《天黑莫回頭 ── 厲鬼陰宅》
◇ 下集待續 ◇

鬼屋

壹

陰宅

【老爸篇】

魂去魄留

人死如燈滅

天黑莫回頭

厲鬼 壹 陰宅

作者◈ 沙士被壓

總編輯◈ 余禮禧
助理編輯◈ 李智恆
校對◈ 李桂芳

設計◈ 王子淇
製作◈ 點子出版

出版◈ 點子出版
地址◈ 荃灣海盛路 11 號 One MidTown 13 樓 20 室
查詢◈ info@idea-publication.com

印刷◈ 海洋印務有限公司
地址◈ 黃竹坑道 40 號貴寶工業大廈 7 樓 A 室
查詢◈ 2819 5112

發行◈ 泛華發行代理有限公司
地址◈ 將軍澳工業邨駿昌街 7 號 2 樓
查詢◈ gccd@singtaonewscorp.com

出版日期◈ 2018 年 8 月 18 日（第四版）
國際書碼◈ 978-988-13611-1-0
定價◈ $88

Printed in Hong Kong

點子出版
IDEA PUBLICATION

壹

天黑莫回頭

属鬼・陰宅